로미오와 줄리엣

MINI BOOK
CLOUD
LIBRARY
36

로미오와 줄리엣

Romeo and Juliet

윌리엄 세익스피어 지음
안영준 옮김

생각뿔

〈등장인물〉

코러스
로미오
줄리엣
몬터규 로미오의 아버지
몬터규 부인
벤볼리오 몬터규의 조카
아브라함 몬터규의 하인
발터자르 로미오의 하인
캐퓰렛 줄리엣의 아버지
캐퓰렛 부인
티볼트 캐퓰렛 부인의 조카
페트루키오
줄리엣의 유모
피터, 삼손, 그레고리 캐퓰렛가의 하인들
영주 베로나의 영주
머큐쇼 영주의 친척이자 로미오의 친구
패리스 백작 영주의 친척
로렌스 신부
존 신부
약장수
세 악사

* 그 밖의 등장인물: 베로나 시민들, 각 가문의 몇 사람, 가장무도회
참가자들, 상류층 부인들, 시민 경비대장과 대원들

프롤로그

(코러스 등장)

코러스 이 극은 아름다운 베로나에서 벌어진다.
비슷한 지위의 두 가문에서 시작되며
오래된 악감정은 새로운 다툼으로 번지고
시민의 피가 시민의 손을 더럽힌다.
적대적인 감정의 두 가문, 그 악연의 소용돌이에서
별들이 떨어뜨려 놓은 연인 한 쌍이 태어나고
역경을 이겨 내지 못한 그들은 불쌍하게 헤어지고
그들의 죽음으로 두 가문의 싸움은 사라진다.
끝없는 부모들의 싸움으로
죽음의 표적이 된 자식들은
죽음에 이를 때까지 아무도 막지 못하는데…….
악연의 소용돌이에 휘말려 사랑을 꽃피우지 못한
그들의 이야기가 이 무대에서 2시간 동안 펼쳐진다.
부디 끝까지 인내하고 이 이야기에
귀 기울여 주시길 바란다.
혹시라도 잘못된 부분은 다시 고치겠나니.

(코러스 퇴장)

Romeo and
Juliet

1장

(캐풀렛 가문의 삼손과 그레고리가 칼과 둥근 방패를 들고 등장)

삼손 그레고리, 우리가 더러운 건 못 보는 성격이잖아.

그레고리 당연하지. 안 그러면 석탄 장수가 될 지경이라니까.

삼손 내 말은 화가 나면 칼을 뽑겠다는 거야.

그레고리 그렇지. 목숨을 유지하려면 올가미에서 목을 빼 야지.

삼손 나는 화가 나면 아주 빠르게 찌를 수 있다고.

그레고리 하지만 너는 찌를 만큼 화를 내지 않잖아.

삼손 나는 몬터규 집안의 개만 봐도 화가 난다고!

그레고리 화가 난다는 건 법석을 떠는 일이야. 하지만 용기 를 내면 가만히 서 있는 법이지. 그러니 자네는 화가 나 면 도망가는 거라고.

삼손 난 그 집 개만 봐도 화가 치밀어 올라 가만히 서서 버 틸 거야. 몬터규 집안의 사람, 하인들이라 해도 벽에 밀 쳐 버리고 내가 그 벽을 차지할 거야.

그레고리 그건 자네가 약한 사람이라는 증거야. 벽으로 밀 리는 건 약한 놈이라고.

삼손 맞는 말이야. 그러니 여자들이 항상 벽으로 밀리는 거지. 나는 몬터규 하인 놈들은 담에서 밀어내고, 하녀들은 담 쪽으로 밀어 버릴 거야.

그레고리 싸움은 우리 주인들과 하인들끼리 벌이고 있지.

삼손 다 마찬가지야. 나는 내가 얼마나 난폭한지 보여 줄 거야. 하인 놈들과 싸움이 끝나면 하녀들에게는 예의 바르게 행동할 거야. 그리고 목을 베 버릴 거야.

그레고리 하녀들의 목을?

삼손 그래, 바로 목. 목이든 처녀성이든 어떻게 받아들인다 해도 상관없어.

그레고리 하녀들은 어떤 의미가 아니라 느낌으로 예상할 거야.

삼손 내가 서 있으면 다 느낄 거야. 내 물건이 꽤 좋다고 알려져 있거든.

그레고리 자네가 물고기가 아니라는 게 다행이야. 아마 자네가 물고기라면 말라비틀어진 건어물 같을 테니까. 지금 연장을 좀 뽑아 들어. 저기 몬터규 집안 녀석들이 나타났거든.

(몬터규의 아브라함과 다른 하인들 등장)

삼손　무기로 내 알몸을 꺼내겠어. 덤비라고! 내가 뒤를 봐
　　줄게.

그레고리　어떻게? 돌아서서 도망가려는 거야?

삼손　거절하지 마.

그레고리　아니, 천만에! 나는 지금 자네가 걱정돼.

삼손　법적 문제가 없을 정도로만 저놈들이 시비를 걸게 만
　　들어.

그레고리　내가 그들 앞을 지날 때 인상을 써 볼게. 어떤 반
　　응을 보일지 지켜보자고.

삼손　상대할 마음이 있나 보자는 거야. 내가 저놈들을 보고
　　엄지를 깨물어 보일게. 그걸 보고도 가만히 있다면 정말
　　수치스러운 일일 거야. (엄지를 깨문다.)

아브라함　어이, 지금 우리를 보고 엄지를 물었나?

삼손　내 엄지를 내 마음대로 깨물었을 뿐이오.

아브라함　우리를 보며 문 거냐고 묻지 않았나.

삼손　(그레고리에게 방백) 그렇다고 말하면 우리가 법적으로
　　유리해?

그레고리　(삼손에게 방백) 아니.

삼손　아니, 당신들을 보고 엄지를 문 게 아니라 그저 내 손
가락 내 엄지를 물었을 뿐.

그레고리   이봐, 지금 시비를 거는 거요?

아브라함   시비를 거는 거냐고? 아니지요.

삼손   싸움을 거는 거라면 내가 상대해 주겠소. 내 주인은
당신 주인 못지않거든.

아브라함   더 훌륭한 건 아니겠지.

삼손   글쎄.

(벤볼리오와 티볼트 등장)

그레고리   (삼손에게 방백) '더 훌륭하다.'라고 해. 주인 나리
의 친척이 오고 있어.

삼손   (아브라함에게) 그래, 맞소. 더 훌륭하시지.

아브라함   거짓말하지 마.

삼손   남자라면 칼을 뽑지그래. 그레고리, 네 칼솜씨는 죽여
준다고. (그들과 싸운다.)

벤볼리오   떨어져, 이 바보들아! 무슨 짓들이지?

티볼트   뭐야, 주인도 없는 하인들 앞에서 칼을 뽑아 들어?
돌아서게, 벤볼리오. 어디 한번 죽어 보라고.

벤볼리오   나는 평화를 지키려 했을 뿐이야. 칼을 거두라고.
아니면 나와 함께 이들을 떼어 놓지그래.

티볼트 칼을 뽑아 들고 평화를 말해? 나는 평화라는 말을
지옥, 모든 몬터규 놈들, 그리고 당신만큼이나 싫어하
지. 비겁한 놈아, 내 칼을 받아라. (싸운다.)

(시민 서너 명과 관리 한 명이 몽둥이와 창을 들고 등장)

시민들 몽둥이와 도끼, 창을 들어라! 저놈들을 때려눕혀라.
쳐라! 저놈들을 때려눕히자! 캐풀렛 놈들이나 몬터규
놈들 모두 타도하자!

(잠옷 가운을 입은 캐풀렛 노인이 캐풀렛 부인과 함께 등장)

캐풀렛 이게 무슨 소리지? 내 검을 주게!
캐풀렛 부인 지팡이, 지팡이를 들고 와. 칼은 왜 찾아요?
캐풀렛 아니, 칼을 달라니까! 몬터규 늙은이가 나와서 나에
게 칼을 휘두르고 있어.

(몬터규 노인과 몬터규 부인 등장)

몬터규 캐풀렛 저 나쁜 놈! 말리지 마. 나를 놓아줘.

몬터규 부인   싸우려고 나가는 거라면 놓아줄 수 없어요.

(에스칼루스 영주가 시종을 데리고 등장)

영주   반역하는 무리, 평화의 적들.
이웃의 피로 자신의 칼을 더럽히는 자들아.
왜 말을 안 듣는 거지? 이런 짐승 같은 인간들아!
사악한 분노의 불길을 너의 몸에서 내뿜는
검붉은 피로 끄려는 자들아!
고문이 두렵다면 너의 피 묻은 손에서
잘못 사용된 무기를 땅에 내려놓고
이 분노한 영주의 말을 들어라.
늙은 캐퓰렛과 몬터규!
하찮은 말 때문에 일으킨 세 번의 소란으로
거리의 고요가 세 번이나 깨졌다.
그로 말미암아 베로나의 나이 든 시민들은
그들에게 어울리는 격에 맞는 행동을 내려놓았다.
평화에만 익숙한 손에 낡은 창을 들고,
당신들의 잘못된 싸움을 갈라놓으려
연로한 손을 휘두르게 됐다.

또다시 거리의 평화를 깨고 만다면,

너희의 목숨으로 그 죄를 물을 것이다.

이번만큼은 모두 물러가도록 해라.

캐풀렛 당신은 지금 나와 함께 가야겠소.

그리고 몬터규 당신은 오늘 오후에

공공 재판소로 와서 이 사건에 대한 내 뜻을 들으시오.

다시 강조하지만, 죽음이 두렵다면 모두 떨어지시오.

(몬터규, 몬터규 부인, 벤볼리오만 남고 모두 퇴장)

몬터규 누가 이 오래된 싸움을 다시 시작한 거지?

조카가 말해 보게나. 싸움이 시작될 때 이곳에 있었나?

벤볼리오 제가 다가가기 전부터 그들의 하인과

숙부님의 하인이 여기서 싸웠습니다.

제가 칼을 뽑아 그들을 떨어뜨리려 하는 순간

불같은 성미인 티볼트가 칼을 뽑아 들고 다가와

도전한다는 말을 제 귀에 쏟아 내면서

머리 주변에 칼을 휘두르며 허공을 갈랐습니다.

아무런 상처도 받지 않은 바람은

그저 그를 조롱하는 것 같았습니다.

우리가 서로 치고받는 동안

더 많은 사람이 몰려와 편을 갈라 싸웠고

영주가 오셔서 서로를 갈라놓았습니다.

몬터규 부인　오, 로미오는 어디에 있지?

오늘 그 아이를 보았느냐?

이 다툼에 끼어 있지 않아 다행이구나.

벤볼리오　숙모님, 숭고한 태양이 동쪽 하늘 금빛 창문으로

모습을 내밀기 시작하기 한 시간 전쯤

마음이 산란해 산책하러 나갔는데,

이 도시의 서쪽 편에서 자라고 있는

단풍나무 숲 아래에서

아침 일찍 산책하고 있는 아드님을 봤습니다.

제가 그리로 향해 다가갔지만, 저를 의식한 그는

숲속 깊은 곳으로 숨어 버렸습니다.

피곤한 저 자신만으로도 너무 마음이 무거웠고

아무도 없는 곳만 절실하게 바라보던 저는

그의 기분을 좇지 않고 제 기분을 따랐습니다.

제게서 멀어지는 그를 기쁘게 피했습니다.

몬터규　눈물로 신선한 아침 이슬을 맞이하고

깊은 한숨에 구름에 구름을 더한

그 아이의 모습은 여러 아침마다 볼 수 있었다.

그렇지만 만물에 생명을 불어넣는 태양이

먼 동쪽 하늘에서, 새벽의 여신 침대로부터

어두운 커튼을 걷어 내기 시작하는 바로 그 순간

침울한 내 아들은 빛을 피해 집으로 숨어들고

자기 방에 자신을 은밀히 가두면서

창문을 닫아 햇빛을 막아서서

스스로 거짓 밤을 만들어 내지.

짧게 충고하자면, 그 원인을 없애지 않으면

우울증으로 말미암아 불길한 결과를 가져올 것이다.

벤볼리오 숙부님은 원인을 아시나요?

몬터규 그 원인은 알지도 못하고 알아낼 수도 없었다.

벤볼리오 그렇다면 어떤 수를 내서 물어본 적은 있습니까?

몬터규 나뿐만 아니라 다른 친구들도 물어본 적은 있었지.

자신의 마음을 그저 자신에게만 이야기하는 그가

자신에게 얼마나 진실한지 알 수 없지만

마음을 아주 비밀스럽게 닫고만 있어.

감정을 감지하거나 발견하기가 참 어렵구나.

그 모습이 마치 아름답게 몸을 공중에 펼치거나

햇빛에 그 우아한 모습을 보여 주기도 전에

심술궂은 벌레에게 물린 꽃봉오리 같아서
슬쩍 알기가 여간 어려운 일이 아니라네.
그 아이의 슬픔이 도대체 어디서 오는지 알 수만 있다면
그 즉시 슬픔을 치료해 줄 텐데.

(로미오 등장)

벤볼리오　저기 로미오가 오네요. 잠깐 자리를 피해 주세요.

　　　제가 알아낼 수도, 혹은 거절당할 수도 있겠지요.

몬터규　네가 이곳에서 그 아이의 솔직한 고백을

　　　들을 수만 있다면 좋겠군. 자, 부인. 갑시다.

(몬터규와 몬터규 부인 퇴장)

벤볼리오　좋은 아침이야.

로미오　지금이 이른 아침이란 말이야?

벤볼리오　방금 9시 종이 울렸네.

로미오　아, 슬픔은 시간을 길게 만드는 법이지.

　　　지금 막 급하게 이 자리를 떠난 분은 내 아버지가 아닌

　　　가?

벤볼리오 맞네. 대체 무엇 때문에 시간이 길게 느껴지는 건
가?

로미오 갖게 된다면 짧게 느껴지는 것. 바로 그게 없기 때
문이지.

벤볼리오 사랑에 빠진 건가?

로미오 아니, 못 받았지.

벤볼리오 사랑 말인가?

로미오 내가 사랑하는 여인의 마음을 못 가지고 있다네.

벤볼리오 슬픈 일이도다.

겉으로 보기에 그다지도 부드럽게만 보이는 사랑이
실제로는 거친 폭군 같다니.

로미오 슬프도다. 언제나 눈 가리고 있는 사랑이
눈이 없어도 마음대로 제 갈 길을 찾을 수 있다니.
어디서 식사할까? 아! 여기 소동이 있었나?
하지만 말은 하지 말게나. 이미 다 들었으니.
이 일은 미움 때문이라고 하지.
하지만 사랑에는 더 많은 원인이 있지.
아, 그렇지. 싸우는 사랑이여! 사랑하는 미움!
오, 무에서 창조된 만물이여.
오, 무거운 가벼움과 심각한 허영들이여.

그럴싸한 모양의 흉한 혼돈이여.

납으로 된 깃털과 환한 연기, 차가운 불과 병이 든 건강,

실제와는 다르게 언제나 깨어 있는 잠이여!

이런 사랑을 내가 느끼지만,

아무런 사랑을 느끼지 못한다네.

웃음이 나지 않는가?

벤볼리오   아니, 나는 차라리 울고 싶다네.

로미오   무엇 때문인가?

벤볼리오   자네 마음이 억눌려 있기 때문이지.

로미오   그게 바로 사랑이라는 것이지.

내 슬픔만으로도 내 가슴이 크게 짓눌리는 기분인데

거기에 자네 마음의 슬픔까지 더 짓누르게 되는 것

슬픔이 슬픔을 낳는 거지. 자네가 보여 준 사랑은

내 슬픔에 더 깊은 슬픔을 더하고 있다네.

사랑이라는 건 한숨의 입김으로 만들어진 연기인데

만약 깨끗해진다면 연인의 눈에 빛나는 불꽃이고

더 깊어진다면 연인의 눈물로 채워진 바다겠지.

사랑이라는 건 또 무엇일까? 엄청나게 신중한 광기이자

숨이 막히는 쓸개즙이면서 썩게 만들지 않는 단것이지.

잘 가게나, 사촌.

벤볼리오   잠깐만, 나도 함께 따라가겠네.

　날 이렇게 두고 가 버리는 건 실례라네.

로미오   하, 나는 이제 나를 잃었다네. 나는 여기에 없어.

　이건 로미오가 아니라네. 그는 다른 곳에 있어.

벤볼리오   자네가 사랑하는 사람이 누군지 말해 주게.

로미오   뭐라고? 내가 마치 신음하듯 말해 줄까?

벤볼리오   아니, 신음이라니. 그냥 말해 주게.

로미오   슬픔에 빠진 병자에게 유언장을 쓰라는 말이군.

　이토록 깊은 슬픔에 빠진 사람에게는

　하지 말아야 할 말이네.

　진지하게 말하자면, 난 한 여인을 정말 사랑하고 있어.

벤볼리오   내가 추측했을 때도 사랑에 빠졌다고 생각했네.

로미오   자네는 훌륭한 명사수군. 내가 사랑하는 여인은 무
척 아름답다네.

벤볼리오   아름다운 과녁이라면 쉽게 맞힐 수 있잖아.

로미오   아쉽지만 이번에는 자네 생각이 빗나갔군.

　큐피드의 화살로는

　그녀를 맞출 수 없다네. 그녀는 다이애나처럼 지혜가 있고

　순결한 마음을 단단하게 갑옷 삼아 무장하고 있어,

　사랑이라는 약하고 유치한 화살로는 맞힐 수가 없다네.

그녀는 사랑이라는 말로 공격해도 굴복하지 않고

사랑의 눈빛으로도 절대 마주하지 않으며

성자를 유혹할 수 있을 만큼 금을 준다고 해도

무릎을 벌리지 않는다네.

아, 그녀는 정말 무척이나 아름답다는 면에서는 부자지만

그녀가 죽어 버리면 그 아름다움도 죽게 되니,

가난하다고 볼 수 있지.

벤볼리오   그렇다면 순결하겠다는 맹세라도 했다는 말인가?

로미오   그렇지. 그렇게 인색하게 군다는 건 얼마나

큰 낭비란 말인가.

그녀처럼 굴어서 아름다움이 굶어 죽기라도 한다면

모든 후손에게 갈 그 아름다움이 끊어져 버리기 때문이지.

그녀는 너무 아름답고 아름다워서,

너무 현명하고 현명해서

그러면서도 눈부시게 아름다워서

나를 절망하게 만들고도 행복을 누릴 수 있다네.

그녀는 사랑하지 않기로 맹세했고 그 맹세 때문에

나는 지금 살아 있지만 죽은 목숨이나 다름없지.

벤볼리오   내 말을 듣고 그녀에 대한 생각을 지워 버리게.

로미오   생각하는 걸 멈출 수 있는 방법을 알려 주거나.

벤볼리오 자네의 눈에 자유를 주게나.

다른 아름다운 여인들을 둘러보라고.

로미오 그렇게 해 봤자

그건 그녀의 아름다움을 더 생각나게 할 뿐이야.

미인의 이마에 입을 맞추는 저 행복한 가면들은

검은색이기 때문에 뒤에 감춘 흰 살을 떠오르게 해 주지.

장님이 된 사람은 잃어버린 보물 같은

소중한 시력을 잊을 수가 없을 거야.

어디 아주 아름다운 아가씨를 데리고 와 보게나.

아름다운 누구라고 해도 어차피 그녀보다 더 아름다움을

읽을 수 있는 주석의 역할밖에 하지 못한다네.

이제 가게나. 자넨 내게 잊는 법을 절대 알려 주지 못해.

벤볼리오 비법을 못 전한다면, 난 자네에게 빚진 마음이 들
거야.

(함께 퇴장)

2장

(캐풀렛, 패리스 백작, 하인 등장)

캐풀렛   하지만 몬터규도 나와 같이

평화를 지키기로 서약했고

어기는 날에는 벌을 받을 거라고 알고 있소.

그러니 우리 같은 늙은이가

평화를 지키는 건 어려운 일이 아니오.

패리스   두 분 모두 선망 높은 가문의 어른인데

그렇게 오랜 세월 동안 사이가 안 좋다는 건 유감입니다.

그렇지만 어르신, 이제 제 청혼에 대해서

답을 주시겠나요?

캐풀렛   전에 했던 대답을 똑같이 할 수밖에.

내 딸아이는 아직도 세상을 모르지.

열네 살이 채 되지 않았소.

두 번의 여름이 그 기세를 꺾을 때,

그때는 신부가 될 정도로 성숙할 거란 말이오.

패리스   더 어리지만 행복하게 어머니가 된 사람이 있지요.

캐풀렛   일찍 결혼하게 되면 몸이 일찍 망가진단 말이 있지요.

그 아이 말고 다른 아이들은 모두 죽어 버려서
오로지 그 아이만이 나를 이을 유일한 희망이지.
하지만 패리스 백작 당신이 구애해서
그 아이의 마음을 얻는다면
내 의견은 어디까지 한 부분에 지나지 않소만.
그 아이가 허락한다면 그 범위 안에는
내 허락과 기꺼운 승낙이 함께 있을 거요.
오늘 밤 관습에 따라 연회를 열고
내가 아끼는 많은 손님을 초대했습니다.
바로 자네도 내 손님 중 한 명으로 들어와 있고.
그래, 가장 환영받는 손님 중 한 명이지요.
누추하지만 내 집에 와서 오늘 밤 어두운 밤을 밝히는
별이 땅 아래에 내려온 듯한 여인들을 보세요.
절뚝거리는 겨울의 뒤를 잘 차려입은
4월이 제압하는 것 같은,
생기 있는 젊은이들이 느끼는 바로 그런 기쁨을
오늘 밤, 내 집에서 백작이 느끼게 되겠지요.
신선하게 자란 새싹의 여인들 사이에서
빠짐없이 듣고 보시오.
그중에서 가장 아름다운 여인을 고르시오.

많은 여성을 보게 되면 내 딸아이는 그중 하나로
수에는 낄 수 있어도 그 자체로는 별로일지도 모르지요.
자, 같이 갑시다. (하인에게 쪽지를 주며) 이보게, 자네는
발품을 팔아 두루 다니며 이름이 적힌 사람들을 찾아내어
내가 환영하는 마음으로 기다린다고 전해라.

(캐풀렛과 패리스 백작 퇴장)

하인 여기 이름이 적힌 사람 전부를 찾으라고? 구두공이
재단용 자를 챙기고, 재단사가 구두 골(발 모양을 본뜬 틀)
을 가지고, 어부가 연필을 가지고, 화가가 그물을 가지
고도 먹고살아야 한다고 쓰여 있군. 나더러 여기에 적힌
사람들을 찾으라는데 여기에 어떤 이름을 썼는지 전혀
알 수가 없군. 우선 배운 놈을 먼저 찾아야겠어. 아, 저기
오는군.

(벤볼리오와 로미오 등장)

벤볼리오 이보게, 하나의 불이 다른 불을 없애는 법이야.
하나의 고통은 다른 고통으로 줄어드는 거라네.

돌다가 어지럽다고 느끼면 반대로 돌기도 하잖나.

절망적인 슬픔도 또 다른 슬픔으로 치료하는 법일세.

눈에 눈병이 온다면

예전부터 앓았던 눈병은 사라지는 법.

로미오 그런 병에는 질경이 잎사귀가 딱 맞지.

벤볼리오 어디에 말인가?

로미오 자네의 정강이에 난 상처.

벤볼리오 이런, 로미오. 자네 미쳤나?

로미오 미치지는 않았지만, 미친 사람보다 더 묶인 신세라네.

감옥에 갇힌 신세야. 먹을 것조차 주지 않는 감옥.

매를 맞고 고문을 당하는. (하인에게) 안녕한가, 친구.

하인 안녕하신가요. 나리, 글을 읽을 줄 아십니까?

로미오 물론이오. 이리 비참한 내 운명을 읽을 줄 알지.

하인 어쩌면 그건 책 없이 배우신 것 같네요. 아, 제 말은 눈에 보이는 걸 읽으실 수 있냐는 말입니다.

로미오 물론. 글자와 언어를 안다면.

하인 그렇군요. 그럼 이만. (돌아서서 가려고 한다.)

로미오 기다리시오. 글을 읽을 수 있다네. (편지를 읽는다.)

"마르티노와 그의 부인, 딸,

안셀므 백작과 그의 아름다운 여동생들,

우트루비오의 미망인,

플라센시오 선생과 그의 사랑스러운 조카딸들,

머큐쇼와 그의 형제 발렌타인,

숙부 캐풀렛과 그의 아내와 딸들,

나의 아름다운 조카 로잘린과 리비아,

발렌시오와 그의 사촌 티볼트,

루시오와 발랄한 헬레나."

　근사한 모임이군. 어디로 오라는 거지?

하인　위로 올라오시라고요.

로미오　어딜?

하인　올라와서 저희 집에서 저녁을 하시라고요.

로미오　누구의 집?

하인　제 주인댁이지요.

로미오　아, 그걸 먼저 물었어야 했군.

하인　묻지 않아도 제가 말씀드리지요. 저의 주인님은 대단
한 부자 캐풀렛 나리랍니다. 만약 나리들이 몬터규 집
안사람만 아니라면 오셔서 술 한잔 하셔도 됩니다. 그럼
안녕히. (퇴장)

벤볼리오　아, 전통적인 캐풀렛가 연회에서
자네가 그토록 사랑하는 로잘린이

베로나의 모든 미인들과 만찬을 하겠군.

그곳으로 가서 봅세.

깨끗한 눈으로 비교해 보게나.

그녀의 얼굴과 내가 추천하는 몇몇을.

자네의 백조가 까마귀였다는 걸 내가 보여 주겠네.

로미오   내 눈의 경건한 믿음이

그런 거짓을 보여 주겠다면 눈물은 불로 변하겠지.

눈물로 익사할 것 같았지만 죽지도 못했던

이 투명한 이단자들은 거짓의 죄로 화형당하고 말 거야.

내 사랑보다 더 아름다운 처녀라니! 모든 걸 보는 태양도

세상이 처음 시작된 이후로 그녀처럼 아름다운 미인은

본 적이 없을걸.

벤볼리오   쯧쯧쯧, 옆에 아무도 세우지 않고,

양쪽 눈에 그녀를 채운 채

사방을 보았으니 그녀만 아름다울 수밖에.

하지만 수정 거울에 달아 보게나.

자네 여인의 사랑의 무게와 다른 처녀들을.

내가 연회에서 보여 줄 빛나는 처녀들과 비교해 보게나.

그러면 지금 최고인 것 같은 그녀도 보잘것없어질 테니.

로미오   그럼 나도 따라가겠네. 다른 미녀를 보려는 건 아니고

내가 사랑하는 이의 광채를 보고 즐기기 위해서라네.

(함께 퇴장)

3장

(캐풀렛 부인과 유모 등장)

캐풀렛 부인 유모, 딸아이는 어디에 있지요? 이리 오라고 해요.

유모 네, 열두 살 때의 제 처녀성을 걸고 하는 말이지만, 제가 이리 오라고 했습니다. 이런, 어린 양 왜 안 오시나. 이런, 입이 방정이네요. 우리 아가씨 어디 계시나요? 줄리엣!

(줄리엣 등장)

줄리엣 왜, 누가 부르나요?

유모 마님께서 불러요.

줄리엣 어머니, 저 왔어요. 무슨 일이지요?

캐풀렛 부인　유모는 잠깐 자리 좀 피해 주게. 다름 아니라

중요한 일이란다.

아니, 유모 다시 돌아와요.

생각해 보니, 유모가 우리 아이 이야기를 듣는 게 좋겠어.

자네도 알다시피 우리 딸이 이제 다 크지 않았는가.

유모　그럼요, 전 아가씨의 나이를 시간까지 맞출 수 있답니다.

캐풀렛 부인　내 딸은 아직 열네 살이 안 됐지.

유모　제 치아 열네 개를 걸고 말씀드리자면,

유감스럽게도 네 개밖에 남아 있지 않지만

아직 열네 살이 안 되었지요.

추수절까지 얼마 안 남았지요?

캐풀렛 부인　2주 정도 남았지.

유모　어쨌든, 일 년 어느 날이라고 해도

추수절 전날이 되면 아가씨가 열네 살이 됩니다.

수잔과 아가씨는…… 아, 가여운 수잔.

제발 그녀의 영혼에 안식이.

동갑이지만 지금 수잔은 하느님 품에 있군요.

그 애는 저에게 과분한 아이였어요. 하지만 말씀드린 대로,

추수절 전날 밤이 오면 아가씨는 열네 살이 돼요.

틀림없답니다. 그럼요, 아무렴요. 지금도 기억이 생생해요.

지진이 일어난 게 11년 전 일이고

제가 절대 잊을 수 없는, 아가씨가 젖을 뗀 날이

하필이면 바로 그날이었지요.

그날 제가 제 젖에 쓴 약쑥을 바르고

비둘기장 담벼락 아래 앉아서 햇빛을 받고 있었어요.

주인님과 마님은 만토바(이탈리아 북부 롬바르디아주에 있

는 도시)에 계셨을 때고요.

정말 제 기억이 맞아요. 어찌 됐든, 아까 말한 것처럼

아기가 젖꼭지에 있는 약쑥을 맛보더니

맛이 워낙 쓰니까, 그 귀여운 아기가

화가 났는지 제 젖꼭지를 홱 뱉는 게 아니겠어요?

그때 지진으로 비둘기장이 흔들렸어요.

그냥 이것저것 따지지도 않고 빠르게 몸을 피했지요.

그날로부터 11년이 흘렀네요.

아가씨가 막 걷기 시작했을 때예요. 아니, 맹세하지만

이리저리 뒤뚱거리면서 뛰어다니기도 했어요.

바로 그 전날도 이마가 깨졌거든요.

그래서 제 남편이…… 아, 명랑했던 그이에게도

하느님의 은혜가 있기를.

아가씨를 들어 올렸어요.

그리고 이렇게 말했지요. "앞으로 넘어졌나요?

좀 더 자라나면 뒤로 자빠질 겁니다.

안 그래요, 줄리엣 아가씨?" 그랬더니, 세상에나

이 예쁘고 작은 것이 우는 걸 멈추고

"네."라고 답하지 뭐예요.

농담으로 한 말이 진짜가 되게 생겼네요.

장담컨대 앞으로 1,000년을 더 살게 된다고 해도

그 일은 잊지 못할 거예요.

"안 그래요, 줄리엣 아가씨?" 했더니

예쁘고 작은 것이 울음을 그치고 "네."라고 했다니까요.

캐풀렛 부인 그만 됐어. 이제 조용히 해.

유모 네, 마님. 하지만 그 어린 게 울음을 뚝 그치고 "네."라고

말하던 걸 생각하면 웃음을 참지 못하겠어요.

그렇지만 장담하는 건데, 그 어린아이 이마에

병아리의 불알만 한 혹이 있었거든요.

정말 크게 다쳤고 아이는 목청껏 울고 있었어요.

"앞으로 넘어졌나요?

좀 더 자라나면 뒤로 자빠질 겁니다.

안 그래요, 줄리엣 아가씨?" 하자,

우는 걸 멈추고 "네."라고 답했어요.

줄리엣 유모도 이제 뚝 그쳐요, 제발.

유모 자, 이제 제가 할 말은 끝났어요.

하느님의 은혜가 있기를!

제가 돌본 아이 중 아가씨가 가장 아름답습니다.

아가씨가 결혼하는 걸 본다면 더는 바랄 게 없지요.

캐풀렛 부인 그래, 바로 내가 하려는 이야기가 결혼이야.

말해 보아라, 내 딸 줄리엣.

결혼에 대한 네 생각을 말이야.

줄리엣 그런 명예는 제가 꿈도 안 꿔 본 일이에요.

유모 명예라니요. 제가 아가씨의 유일한 유모가 아니라면

그 지혜를 제 젖꼭지에서 얻었다고 하고 싶네요.

캐풀렛 부인 이제는 결혼을 생각해 보렴. 이곳 베로나의

이름난 여인 중에는 너보다 어린데도

벌써 엄마가 된 사람도 있단다. 나만 봐도 그렇단다.

네 나이 때 너의 엄마였지.

네가 처녀로 있는 그 나이에 말이다.

조금 간단하게 말하자면

용감한 패리스 백작이 너와 결혼하고 싶다는구나.

유모 아가씨! 그런 사내라면, 온 세상이 바라는 남자

밀랍으로 만든 것 같은 사내랍니다.

캐풀렛 부인　베로나의 여름에도 이런 꽃은 피지 않는단다.

유모　아니, 그분은 정말 꽃이에요. 정말 꽃 그 자체지요.

캐풀렛 부인　네 생각은 어떠니?

　　　그 백작을 사랑할 수 있겠니?

　　　오늘 밤 우리 집 연회에서 그분을 뵐 수 있을 거다.

　　　젊은 패리스 백작의 얼굴이라는 책을 잘 들여다보렴.

　　　아름다움의 붓이 써 놓은 기쁨을 네가 찾아 보아라.

　　　조화를 이루고 있는 문장을 꼼꼼하게 살펴보고,

　　　한 문장이 다른 문장으로 어떻게 이어지는지 보는 거야.

　　　그리고 아름다운 문장에 숨겨진 무언가가 있다면

　　　그 귀중한 사랑의 책, 아직 만들어지지 않은 책 같은 연인은

　　　표지만으로도 훌륭한 책이 되는 법이란다.

　　　물고기는 바다에 산다. 아름다운 외형이

　　　내면의 아름다움을 숨기는 것은 자랑스러운 일이야.

　　　많은 사람이 영광이라고 생각하는 책은

　　　황금 고리로 소중한 이야기를 담고 있는 책이란다.

　　　그를 얻으면, 네 자신은 전혀 줄어들지 않지.

　　　그렇게 넌 그가 갖고 있는 모든 것을 공유하게 될 거란다.

유모　줄어들긴요. 늘어날 거예요.

　　　여자는 사내 때문에 배가 부른답니다.

캐퓰렛 부인 간단하게 대답하렴. 패리스를 사랑할 수 있겠
니?

줄리엣 만나 보고 좋아진다면요.

하지만 어머니가 허락하는 것 이상으로

그에게 시선을 보내지는 않을 거예요.

(하인 등장)

하인 마님, 이제 손님들이 오셨어요. 만찬을 차리는 중이고
마님과 아가씨를 찾고 있고, 유모는 주방에서 욕을 먹고
있으며, 모든 게 난리도 아니랍니다. 전 이제 시중들러
가야 합니다. 당장 저를 따라오세요. (퇴장)

캐퓰렛 부인 알겠다. 줄리엣, 백작이 기다리신다는구나.

유모 아가씨, 행복한 낮에 이어 행복한 밤을 찾으세요.

4장

(대여섯 명의 가면을 쓴 사람, 횃불을 든 사람들과 함께 로미오,
머큐쇼, 벤볼리오 등장)

로미오　어떤 구실을 만들어서 들어가지?

　　그냥 슬쩍 들어갈까?

벤볼리오　그런 장황한 설명은 이제 하지 않는다고.

　　큐피드처럼 눈을 가리고

　　타타르의 페인트칠한 활을 들고

　　까마귀를 겁주는 허수아비 같은 복장도 철이 지났다네.

　　또 프롬프터가 읽어 주는 암송용 프롤로그도

　　입장하는 방법으로는 옛날 방식이라고.

　　자기네들 멋대로 우리를 판단하라고 해 두고,

　　우리는 그냥 춤이나 한번 추고 나오면 되는 거야.

로미오　횃불을 줘. 나는 춤출 기분이 아니야.

　　마음이 무거우니, 횃불만 가볍게 들겠네.

머큐쇼　그건 말이 안 되는 일이지.

　　어린 로미오, 자네의 춤을 봐야겠어.

로미오　난 정말 싫어. 자네는 민첩한 밑창이 달린

　　무도화를 신었지만, 나는 영혼조차 납덩어리 같아서

　　땅바닥에 묶여 움직일 수 없다네.

머큐쇼　자네는 사랑에 빠진 사람이라며.

　　큐피드의 날개를 빌리게.

　　그리고 그 날개로 남들보다 더 높게 날아오르게.

로미오   화살이 나를 너무나 아프게 찌르는 바람에

가벼운 깃털로는 날아오를 수가 없네. 너무 묶여 있어서

지루한 슬픔 위로 한 폭도 뛰어오를 수가 없어.

사랑이라는 무거운 짐을 지고 가라앉고 있다네.

머큐쇼   사랑 속에 주저앉고 만다면

사랑에게 부담을 주는 일이야.

그 연약한 것에게 너무 큰 억압이지 않나.

로미오   사랑이 연약하다고? 사랑은 정말 거칠다네.

게다가 무례하고 사납고 가시처럼 날카롭다고.

머큐쇼   사랑이 자네를 난폭하게 대하면,

자네도 사랑을 난폭하게 대하면 되잖아.

사랑이 찌르면 자네도 사랑을 찔러 버려.

그러면 사랑을 이길 수 있어.

내 얼굴을 감출 수 있는 가면을 줘.

가면 위에 가면이라니. 내 흉측한 이 모습을

빤히 쳐다보든 말든 무슨 상관이야?

나 대신 튀어나온 이 얼굴이 붉어지면 될 테니.

벤볼리오   자, 노크하고 우선 들어가는 거야.

들어서면 각자 열심히, 신나게 춤추자고.

로미오   내게는 횃불을 줘. 마음이 가벼운 한량들은

각자 뒤꿈치로 그 무정한 바닥 마루를 간질이시게.

난 먼 옛날 속담처럼

촛불이나 들고 구경이나 할게.

노는 게 이보다 좋을 수는 없으니 꼼짝도 안 하겠어.

머큐쇼   쳇, 꼼짝하지 않는다는 말은 순경들의 암호일 뿐이야.

자네가 허우적대는 말 같다면 우리가 빼내 줄게.

이미 빠져 있지 않은가. 귀까지 말이야.

사랑에게는 미안한 말이지만, 자네가

빠진 사랑이라는 진창에서

끌어올려 주겠어. 자, 횃불은 타기만 하고 있다고.

로미오   아니야, 그렇지 않아.

머큐쇼   내 말은 우리가 머뭇거리는 시간 동안

낮에 등불을 켠 것처럼 불을 낭비한다는 뜻이야.

우리의 선의로 해결해야지.

분별력은 오감 중 하나일 뿐이지만

선의로 받아들이면 힘이 세지니까.

로미오   우리가 이 가면무도회에 가는 건 좋은 뜻이겠지만,

실제로 가는 건 별로인 것 같군.

머큐쇼   그 이유를 묻는다면?

로미오   어젯밤에 꿈을 꾸었어.

머큐쇼 나도 물론 꿈을 꾸었지.

로미오 네 꿈은 뭔데?

머큐쇼 잠자면서 거짓말하는 꿈.

로미오 침대에서 자는 사람만이 진실한 꿈을 꾸지.

머큐쇼 오, 그렇다면 매브 여왕과 함께 누워 있었나 보군.

벤볼리오 매브 여왕이 누구지?

머큐쇼 요정들의 산파라네. 그런데 그녀 모습은

부시장 집게손가락에 끼워져 있는

마노 보석보다 크지 않고

난쟁이들이 끄는 마차를 타고

사람들이 잠자는 동안 그들의 코를 가로질러 가지.

그녀의 수레는 텅 빈 개암나무 열매인데

옛날부터 요정들의 수레를 만들어 온

다람쥐나 굼벵이 같은 늙은 목수가 만들었어.

마차의 바큇살은 긴 모기의 다리고

덮개는 메뚜기의 날개로,

밧줄은 가느다란 거미줄로,

목줄은 물기를 담은 달빛의 선이고,

채찍 대는 귀뚜라미 뼈, 채찍 끈은 거미줄이야.

매브 여왕의 마부는 회색 외투를 걸친 모기인데

게으른 하녀의 손가락에서 툭 하고 생겨난
자그마한 원형 벌레의 반도 안 되는 크기지.
이런 모습을 한 매브 여왕은 매일 밤 달리는데,
사랑에 빠진 사람의 머릿속을 지나가면 사랑을 꿈꾸고
궁의 신하 무릎 위를 지날 때는 그가 절하는 꿈을 꾸지.
숙녀의 입술 위를 지나면,
숙녀는 바로 입을 맞추는 꿈을 꾸는데,
때때로 매브가 화를 내며 입술에 물집이 생기게 하는 건
그들 숨결에서 사탕 냄새가 나서 그런 거야.
종종 그녀는 신하들 입술 위를 달리기도 하는데,
그러고 나면 그 신하는 청탁받는 꿈을 꿔.
그리고 이따금 십일조 돼지 털을 갖고 와서는
누워서 잠이 든 사제 코를 간질이는데,
그러면 그는 또 다른 교구를 맡게 되는 꿈을 꾸지.
이따금 매브가 군인의 목 위를 달릴 때면,
그 군인은 외국 병사의 목을 베거나
돌파구나 매복이나 스페인제 칼,
환상적으로 깊은 술잔의 꿈을 꾸다가 곧
북소리가 귀에 울리고,
그 소리에 깜짝 놀라서 잠이 달아나고

그 정도로 기겁을 해 버렸으니,

맹세의 기도를 한두 번 올리고,

다시 잠에 빠지게 되는 거야. 바로 이 매브가

밤에 말들의 갈기를 뒤엉키게 만들고,

더러운 여자들의 머리카락을 더 꼬이게 만들어 버리는데

일단 이게 풀리고 나면, 불운이 온다는 전조나 다름없어.

아가씨들이 반듯이 누워서 잠에 빠질 때

그들의 배를 누르고는

처음 여자가 되는 방법을 알려 주는 거야.

바로 이 매브가 말이야.

로미오   그만, 그만해. 머큐쇼, 그만!

그런 헛소리는 그만하라고.

머큐쇼   맞아, 나는 꿈을 이야기하고 있어.

꿈은 게으른 두뇌의 자식들이나 다름없거든.

아무것도 아닌, 공허한 상상의 산물일 뿐이지.

실체는 공기만큼이나 가벼워.

그리고 바람보다 더 변덕스러워, 바람은

방금 북쪽의 얼어붙은 가슴에 사랑을 얻으려 하다가도

갑자기 발끈해서는 휙 돌아서서

이슬이 떨어지는 남쪽으로 얼굴을 돌리잖아.

벤볼리오   자네가 말하는 바람 때문에

우리가 할 일을 잊고 있어.

만찬이 끝났어. 너무 늦게 가게 되겠군.

로미오   너무 이른 건 아닐까. 두렵다네.

아직도 내 마음에는 운명의 별에 달린 어떤 결과들이

끔찍한 기간을 더 가혹하게 시작해 버려서

내 가슴에 갇힌 가증스러운 생명의 기한을 끝낼 것 같아.

때 이른 죽음이라는 비참한 형벌로 끝낼 것 같은

그런 불길한 생각이 들어.

하지만 내 항로의 키를 잡고 계신 하느님,

제 항로를 정해 주소서. 들어가지, 건달 친구들.

벤볼리오   북을 쳐라.

(그들은 집 안으로 행진해 들어간다.)

5장

(하인들이 냅킨을 들고나온다.)

하인 1   팟팬은 어디 간 거야? 테이블 치우는 걸 돕지도 않고. 그러면서 어떻게 그릇을 치우고 닦겠다는 거야?

하인 2   좋은 손님 접대가 한두 사람 손에 달렸다면, 손도 못 씻었으니 깨끗하지 않을 거야.

하인 1   식기를 나르고 진열용 찬장을 옮겨. 은 쟁반은 조심히 다뤄야 하네. 그리고 착한 자네는 아몬드 과자를 내 몫으로 남겨 주게나. 그러면서 문지기한테 수잔 그린드스톤과 넬이 오면 들여보내라고 전해 줘. 안소니 그리고 팟팬!

하인 3   알았어. 여기.

하인 1   큰방에서 자네를 찾고 불러. 청하고 아주 난리가 났어.

하인 4   이거 원 몸이 두 개가 아닌데. 힘들 내게. 부지런히 움직이자고! 인생은 짧은 법이거든.

(그들은 움직이며 탁자와 의자를 내려놓는다.)

(캐풀렛과 캐풀렛 부인, 줄리엣, 티볼트, 유모, 가면무도회에 초대된 손님들과 귀부인들 등장)

캐풀렛   여러분, 환영합니다.
　　　　발가락에 티눈이 없는 분이라면

모두 여러분과 춤출 것입니다.

아, 우리 여성분 중 어느 누가

춤추는 걸 거절할까요? 얌전하게 구는 여자는

분명 발에 티눈이 있을 거요. 제 말이 맞지요?

어서 오시오, 여러분. 나도 젊었을 적에는

가면을 쓰고 아름다운 여인의 귀에다

듣기 좋은 말들을 속삭이곤 했소. 이제 다 지났지만!

아무튼 환영하오. 악사들은 얼른 연주하시게나.

자, 홀에는 자리를 내도록 해라! 아가씨들은 춤추시오.

(음악이 나오고 그들은 춤을 춘다.)

캐풀렛　불은 더 밝게 피워라. 아니, 공간은 넓히고

화로의 불을 꺼야지. 방이 너무 덥구나.

아, 이런 갑작스러운 연회도 괜찮군.

아니야, 앉으세요. 캐풀렛 숙부님.

숙부님과 저는 춤출 나이는 지나지 않았습니까.

숙부님과 제가 가면을 마지막으로 쓴 나이가

언제였지요?

캐풀렛 숙부　내 장담하는데, 아마 30년은 지났을 거야.

캐풀렛　뭐라고요? 아니요, 그렇게 오래되지는 않았어요.

　　　루첸티오가 결혼한 후였으니까,

　　　오순절이 아무리 빨리 온다고 해도

　　　25년 전이군요. 그때 마지막으로 가면을 썼지요.

캐풀렛 숙부　더 되었다니까. 더 오래전이라고!

　　　루첸티오 아들이 이미 그것보다 나이가 많단 말이지.

　　　이미 그 아이가 서른 살이 되었어.

캐풀렛　정말인가요?

　　　그의 아들이 2년 전만 하더라도 아직 미성년자였는데.

로미오　(어떤 하인에게) 저 숙녀는 누구시지?

　　　기사의 손을 아름답게 장식하고 있는 여인 말이야.

하인　전 모릅니다, 나리.

로미오　오, 그녀는 횃불에게 밝게

　　　타오르는 법을 알려 주고 있구나!

　　　에티오피아 흑인의 귀에 달린 화려한 보석처럼

　　　밤의 볼에 가만히 매달려 있는 것 같구나.

　　　사용하기엔 너무 아름답고,

　　　너무 사랑스러운 모습으로 밝게 빛나는구나.

　　　저 숙녀분이 친구들과 있는 모습은

　　　눈처럼 흰 비둘기가 까마귀와 어울리고 있는 것 같아.

이 춤이 끝나고 나면, 그녀를 찾아낼 거야.

그리고 그녀의 두 손을 잡아 내 두 손을 축복받게 해야지.

내 마음이 이렇게 사랑한 적이 있던가?

맹세컨대 내 눈은 그런 적이 없다!

오늘 밤 전까지는 저런 진정한 아름다움을

만난 적이 없도다.

티볼트 목소리를 들어 보니, 저놈은 몬터규 사람이 틀림없다.

여봐라, 어서 검을 들고 오너라.

감히 우리 가문의 연회를 찾아와 놀고 비웃으며

우스꽝스러운 가면을 쓰고 이곳에 있다니!

내 가문의 명예를 걸고

저놈을 때려죽인다 해도 절대 죄가 아니리.

캐풀렛 조카, 대체 무슨 일이냐? 왜 이리 흥분했느냐.

티볼트 숙부님, 저놈은 우리의 원수 몬터규가 사람입니다.

오늘 밤 우리의 성스러운 연회를 망치기 위해

앙심을 품고 이곳에 온 것입니다.

캐풀렛 아들 로미오란 말이냐?

티볼트 맞습니다. 그 악당 녀석입니다.

캐풀렛 흥분을 가라앉혀라. 가만히 내버려 둬.

저 아이는 그래도 점잖게 행동하고 있구나.

그리고 사실을 말하자면, 베로나 사람들은

저 아이를 행실 바른 착한 아이라고 말하더구나.

이 도시의 모든 보물을 나에게 준다고 하더라도

내 집에서 그 아이를 해치고 싶지 않구나.

그러니 오늘은 참고 모른 척거라.

이건 나의 뜻이다. 그러니 내 말을 존중한다면

좋은 얼굴을 하고 얌전하게 굴어라.

연회에는 전혀 어울리지 않는 모습이구나.

티볼트   저런 악당이 손님으로 와 있다면

어울리는 표정입니다.

저는 저 녀석을 가만히 두고 볼 수 없습니다.

캐퓰렛   아니, 가만히 두라니까.

참으라고 했거늘, 왜 그러는 것이냐.

지금 이 집의 주인은 바로 나다. 그만둬!

가만두지 않겠다니. 세상에나!

손님들이 계신 이곳에서 난동을 부리겠다는 말이냐!

여기서 지금 주인 행세를 하겠다는 거지!

티볼트   숙부님, 이건 가문의 수치입니다.

캐퓰렛   그만, 그만두라고!

이런 건방진 걸 보았나! 이게 수치라고?

이렇게 멍청하게 처신한다면 다치는 수가 있다.

난 분명히 말했다.

내 말을 기어이 거역하겠다 이 말이구나.

(손님들에게) 잘하셨습니다, 여러분!

(티볼트에게) 어서 가 버려! 조용히 하고!

(하인들에게) 불을 더 밝혀라.

(티볼트에게) 창피한 줄 알아라.

내가 널 조용하게 만들 테니.

(손님들에게) 아닙니다, 여러분. 즐겁게 노십시오!

티볼트   화가 부글부글 끓어오르지만 참아야 하다니,

올화가 치미는구나!

서로 앙숙인 것들이 만나 살이 떨릴 지경이야.

오늘은 물러가야겠다. 하지만 오늘 이 자리를 침범한 것이

지금 당장은 달콤한 일이겠지만,

곧 쓰디쓴 쓸개즙으로 바뀔 것이야.

(퇴장)

로미오   (줄리엣에게 다가가 그녀의 손을 만지며)

이 하찮은 손으로

성스러운 신전을 더럽히는 거라면,

부드러운 죄는 바로 이것이겠지요.

제 입술은 두 명의 수줍은 순례자처럼

가만히 기다리고 있습니다.

부드러운 입맞춤으로 그 거친 감촉을 없애기 위해

이렇게 서 있습니다.

줄리엣 착한 순례자여, 자신의 손을 너무 나무라시는군요.

손을 잡는 것은 점잖은 헌신입니다.

성자에게는 순례자가 만질 수 있는 손이 있고

손바닥과 손바닥이 닿는 것은

성스러운 순례자의 키스겠지요.

로미오 성자에게는 입술이 없나요? 순례자 또한 그런가요?

줄리엣 물론 있어요, 순례자님. 기도하는 데 사용하는 입술이.

로미오 그렇다면 성자여,

손이 하는 일을 입술이 하게 해 주소서!

입술이 하는 기도를 들어주소서.

저의 믿음이 절망으로 바뀌지 않도록.

줄리엣 성자는 움직이지 않습니다.

기도를 들어주기는 하지만요.

로미오 그렇다면 움직이지 마세요.

제 기도 효과를 제가 받는 동안.

제 입술의 죄가 당신의 입술로 정화되었습니다.

(줄리엣에게 키스한다.)

줄리엣 그렇다면 제 입술에는

당신의 죄가 남아 있는 건가요?

로미오 제 입술에서 나온 죄? 달콤한 원망이군요.

그러면 저의 죄를 다시 돌려받겠습니다.

(둘은 다시 입을 맞춘다.)

줄리엣 입맞춤마다 어떤 이유가 있군요.

유모 아가씨, 마님이 급하게 할 말이 있으신가 봅니다.

(줄리엣이 어머니에게 향한다.)

로미오 그녀의 어머니는 누구신가요?

유모 이봐요, 젊은이.

아가씨의 어머니는 이 집의 여주인이십니다.

현명하고 미덕이 넘치는 분이시지요.

저는 방금 젊은이와 말한 아가씨를 키운 사람이지요.

제가 확신하건대, 아가씨를 잡는 사내는 분명

엄청난 행운을 붙잡는 게 될 거예요.

로미오   (방백) 그녀가 캐풀렛가 사람이라고?

오, 이건 너무 비싼 거래다. 내 목숨을 적에게 빚졌다.

벤볼리오   이제 가세. 한참 흥이 올랐을 때 떠나야 해.

로미오   그래, 그래야 할 것 같아. 더 있기가 불안하군.

캐풀렛   안 되네, 신사들이여. 아직 가지 마시게나.

이제 곧 간단한 디저트가 나옵니다.

(가면을 쓴 사람들이 그에게 귓속말한다.)

꼭 가셔야 한다고요? 그렇다면 감사했습니다.

고맙소, 안녕히 가세요. 신사분들.

여기 불을 더 밝혀라. 자, 이제 잠자리에 듭시다.

아, 이제는 정말 늦은 시각이군.

가서 쉬어야겠네.

(모든 사람이 하나둘 자리를 뜨고, 줄리엣과 유모만 남는다.)

줄리엣   유모, 이리 와요. 저분은 누구시지요?

유모   티베리오 노인의 아들이자 상속자랍니다.

줄리엣   지금 막 문을 나가는 저 사람은요?

유모   아, 저 사람은 페트루키오 청년 같아 보이네요.

줄리엣   그 뒤는? 춤을 안 추려던 사람이요.

유모　모르겠어요.

줄리엣　가서 이름을 물어봐요. 만약 저분이 결혼하셨다면

　　　제 무덤이 신혼 침대가 될 거예요.

유모　(이름을 물어보고 돌아온다.)

　　　저 사람 이름은 로미오입니다. 몬터규 사람이지요.

　　　집안 원수의 외아들입니다.

줄리엣　(방백) 내 유일한 사람이 유일한 원수의 아들이라니!

　　　모른 채 너무 일찍 만나게 됐고, 알게 되니 너무 늦었구나!

　　　어려운 사랑의 시작이구나.

　　　내가 혐오해야 하는 적을 사랑하게 됐다니.

유모　무슨 말이지요? 뭐예요?

줄리엣　같이 춤추던 분에게 방금 배웠어요.

　　　노래 가사랍니다.

(누군가 안에서 '줄리엣!' 하고 부른다.)

유모　빨리 가요! 갑니다!

　　　들어가요. 손님들은 모두 떠났어요.

(모두 퇴장)

Romeo and
Juliet

프롤로그

(코러스 등장)

코러스 이제 오래된 욕망이 임종을 눈앞에 두고 있고
　　　　　젊은 사랑이 상속자가 되기 위해 입을 열고 있다.
　　　　　사랑으로 신음하고 죽고 싶게 만들었던 그 여인은
　　　　　상냥한 줄리엣과 비교했을 때 전혀 아름답지 않구나.
　　　　　이제 로미오는 다시 사랑하고, 사랑받게 됐다.
　　　　　서로의 매력에 똑같이 빠져들었도다.
　　　　　그러나 그는 적에게 사랑의 호소를 해야 하고
　　　　　그녀 또한 날카로운 낚싯바늘에서
　　　　　사랑이라는 달콤한 미끼를 훔쳐야 한다.
　　　　　적대 관계에서 로미오는 가까이 다가갈 수 없고
　　　　　연인들이 하는 흔한 맹세를 속삭일 수조차 없도다.
　　　　　그녀 또한 그 못지않게 사랑하지만,
　　　　　그녀는 더더욱 새로운 사랑을 만날 방법이 없다.
　　　　　그러나 사랑은 그들을 만날 수 있는 힘을,
　　　　　시간이라는 수단을 주어 만나게 되는데
　　　　　절박한 상황도 달콤함으로 견딜 수 있게 됐다.

(코러스 퇴장)

1장

(로미오 혼자 등장)

로미오 내 마음이 여기 있는데, 가야 하는 것인가?

몸을 돌려라, 둔한 몸뚱이야. 그리고 중심을 되찾아라.

(담을 올라 안으로 뛰어 들어간다.)

(로미오가 몸을 돌려 물러나고, 벤볼리오와 머큐쇼 등장)

벤볼리오 로미오! 사촌 로미오! 로미오!

머큐쇼 그 친구는 멀쩡해.

분명 먼저 집으로 가서 침대에 누워 있을 거야.

벤볼리오 그렇지만 그는 이쪽으로 뛰어와

정원 담을 넘었다네.

머큐쇼, 자네도 그를 불러 보게나.

머큐쇼 아니, 나는 주문을 외우겠네.

로미오! 이 변덕쟁이! 미친놈! 열정! 연인!

한숨과 같은 모습으로 당장 나타나라.

한마디만 해 준다 해도 난 만족할 테니,

그저 '아, 슬프다!'라고 해.

'사랑', '자기야.'라고만 말하라고.

수다쟁이 비너스에게 그럴싸한 단어 하나만 말해 다오.

그녀의 눈먼 아들이자 상속자인

큐피드에게 어울리는 별명을 말해 줘.

시력이 나쁜 큐피드가 실수로 화살을 쏴서

코페투아 왕이 거지 처녀를 사랑하게 되었지.

듣지도 않고 인기척도 없고 움직이지도 않는군.

이 한심한 놈이 죽어 버렸으니 혼령이라도 불러내야겠군.

나는 로잘린의 밝은 눈을 걸고 그대를 불러내노라.

그녀의 높은 이마와 그녀의 주홍빛 입술,

그녀의 우아한 발, 쭉 뻗은 다리, 떨리는 허벅지.

그 근처에서 그대를 부르니

그대 모습으로 우리 앞에 나타날지어다.

벤볼리오 로미오가 듣는다면 화내겠군.

머큐쇼 이것으로 화내지는 않을 거야. 그가 화나려면

그 아가씨의 둥근 원 안에다 이상한 혼령을 불러서

거기 앞에 세우고 그녀더러 해결하라든지 죽이라든지

그런 이야기를 하면 모를까.

그건 정말 화나는 이야기일 거야. 내 주문은 말이야,

아주 정직하고 공정해. 나는 단지 그녀의 이름을 앞세워서

주문을 외우고 그를 불러내려는 것뿐이야.

벤볼리오   가세. 그는 수풀 안에 숨어 있을 거야.

우중충한 이 밤과 친구를 맺으려는 거야.

그는 이미 사랑에 눈이 멀었어. 그러니 밤과 절친해지지.

머큐쇼   눈이 멀었다면 사랑의 과녁을 맞힐 수 없지.

이제 그는 모과나무 아래에서

자기 애인이 그런 열매였으면 좋겠다고 생각할 거야.

오! 로미오, 그녀가 그 열매라면.

오! 그녀가 그렇게 벌어진 모과라면.

자네는 기다란 배가 좋겠지.

로미오, 안녕. 나는 바퀴가 달린 내 침대로 가겠네.

바깥은 내가 잠들기엔 너무 추워.

자, 그럼 갈까?

벤볼리오   그럼, 가세. 소용없는 일이군.

들키기 싫은 사람을 찾는 일이란 건.

(벤볼리오와 머큐쇼 퇴장)

2장

(로미오 등장)

로미오 상처를 입은 사람은 흉터를 비웃을 뿐이지.

(2층 창문에서 줄리엣 등장)

로미오 잠깐만. 저 창에서 새어 나오는 불빛은 뭐지?
그곳은 바로 동쪽, 줄리엣은 태양이구나.
일어나오, 아름다운 태양이여.
그리고 질투하는 달을 죽여 다오.
달은 자기 시녀인 그녀가 더 아름답기 때문에
이미 슬픔으로 창백하게 병이 들었구나.
달은 질투심이 강하니, 그의 시녀가 되지 마시오.
달의 시녀 복장은 오로지 병들고 시들어서 푸르나니,
바보들만 그 옷을 입는다오. 어서 벗어던지시오.

(위에서 줄리엣 등장)

로미오 내 여인이다. 오, 내 사랑!

그녀가 이 사실을 알아준다면 얼마나 좋을까!

그녀가 입을 연다.

하지만 아무 말도 나오지 않는다. 뭘까?

무슨 소용이랴. 그녀의 눈이 말하거늘. 나는 대답해야지.

내가 너무 주제 넘은 것인가?

그녀는 나에게 말하는 게 아닌데.

이 하늘에서 가장 아름다운 두 개의 별이

잠깐 볼일 있어 그녀의 두 눈에 간청하는구나.

자신들이 돌아올 때까지 대신 하늘을 비춰 달라고.

그녀의 눈이 하늘에,

별이 그녀의 머리에 있으면 어떻게 될까?

그녀의 뺨이 눈부셔서 그 별들이 부끄러워지는구나.

밝은 낮에 램프가 필요 없듯이

별들도 소용 없구나. 하늘에 달린 그녀의 두 눈은

이 세상에서 가장 아름답게 빛나니

새들은 밤이 아닌 줄 알고 지저귈 것이다.

그녀의 손이 뺨으로 가네.

오, 내가 그녀의 장갑이었으면,

그녀의 뺨을 만질 수 있을 텐데!

줄리엣   아, 정말!

로미오   말하는구나.

오! 다시 말하시오, 눈부신 천사여! 당신은

내 머리 위에서 오늘 밤의 영광으로 있으니,

하늘의 날개 달린 사자가

천천히 흘러가는 구름을 타고

하늘의 품을 향해 두 다리로 나아갈 때

그를 보기 위해 몸을 늪힌 인간이 가만히 들여다보고

희번덕한 두 눈에 그 찬란한 모습이 비친다.

줄리엣   (로미오가 듣는다는 것을 알지 못한 채)

오, 로미오, 로미오. 당신은 왜 로미오인가요?

그대 아버지의 이름을 거부하고 당신의 이름을 버리세요.

그게 아니라면, 제 사랑이라는 서약을 하세요.

그러면 저도 더 이상 캐퓰렛이 아니랍니다.

로미오   더 들어야 하나, 아니면

이제 내가 말을 걸어야 하나?

줄리엣   저의 적은 오로지 당신의 이름뿐입니다.

당신이 몬터규가 아니더라도, 당신 자신이겠지요.

몬터규가 뭔가요? 손도 아니고 발도 아닌,

팔도 아니고 얼굴도 아닌.

사람에게 속한 그 무엇도 아닙니다.

아, 제발 다른 이름을 가지세요!

이름에 뭐가 들어 있나요? 우리가 장미라고 부르는 것은

다른 이름을 가지더라도 향기로울 텐데.

그러니 로미오, 당신도 로미오라는 이름으로 불리지 않아도

그 이름 없이 당신 자신의 완벽함을

그대로 소유할 수 있을 거예요. 로미오, 이름을 버리세요.

그리고 당신과 상관없는 그 이름 대신,

제 모든 걸 가지세요.

로미오　　당신의 말을 받아들이겠습니다.

절 그냥 사랑이라 말한다면, 다시 세례명을 받겠어요.

지금부터 저는 로미오가 되지 않겠습니다.

줄리엣　　당신은 누구시길래 밤의 어둠 안에 숨어서

제 속마음을 듣고 있는 건가요?

로미오　　이름으로는,

제가 누구인지 답할 수 있는 방법을 알지 못합니다.

제 이름은, 그러니 소중한 성자여.

저 자신도 제 이름을 증오해요.

당신에게는 적이 될 뿐이니.

어딘가에 이름이 적혀 있다면

저는 그 이름을 찢어 버리고 싶습니다.

줄리엣 그 혀가 말하는 소리를 제 귀는 아직

100마디도 채 듣지 않았지만, 당신을 알 수 있답니다.

당신은 로미오, 그리고 몬터규 사람이 아닌가요?

로미오 그 어느 것 하나라도 당신이 싫어한다면,

둘 다 아니지요.

줄리엣 어떻게 이곳으로 왔나요? 말해 보세요.

왜 오신 거지요?

과수원 담은 높아서 넘기 어렵고,

당신이라면 이 집은 죽음의 장소랍니다.

만약 친척에게 잡히면

당신은 그렇게 될 거예요.

로미오 사랑의 가벼운 날개를 달고 저는 이 담을 날아왔어요.

이런 돌담은 제 사랑을 막을 수 없고

사랑이란, 사랑이 할 수 있는 것과

감히 사랑하는 자의 시도를 해내지요.

그러니 당신 친척은 저를 막지 못한답니다.

줄리엣 당신을 보게 된다면, 그들은 당신을 죽일 거예요.

로미오 아, 그들의 검 스무 개에 담긴 위험보다

그대 눈 속에 더 많은 위험이 담겨 있어요.

저에게 다정한 모습을 보여 준다면

그들의 위협을 무찌를 수 있습니다.

줄리엣 절대 그들은 여기에 있는 당신을 보면 안 됩니다.

로미오 저는 저를 숨길 수 있는 밤의 망토가 있답니다.

그대가 저를 사랑하지 않는다면, 저는 잡히는 게 나아요.

당신의 사랑을 얻지 못하고 죽음을 미루는 것보다

그들의 증오로 제 삶을 끝내는 게 더 나아요.

줄리엣 누가 당신에게 이곳을 알려 주던가요?

로미오 당신에게 오라는 안내는 바로 사랑이었지요.

그는 제게 충고했고, 저는 사랑에게 눈을 빌려줬어요.

제가 항해사는 아니지만, 그대가 아주 먼 곳에

파도가 철썩거리는 해변에 있다고 해도

그대라는 보물을 발견할 수 있다면

전 당연히 항해를 떠날 거예요.

줄리엣 당신도 알다시피 오늘 제 얼굴에는

밤의 가면이 씌워져 있어요.

그렇지 않다면 오늘 밤 제가 한 말을

당신이 엿들었기 때문에

처녀의 수줍음이 뺨에 나타났을 거예요.

저는 요조숙녀이고 싶어요.

정말, 진심으로 제가 뱉은 말을 부인하고 싶어요.

하지만 겉치레는 미뤄 둘게요.

저를 사랑하시나요? 물론 그렇다고 대답하시겠지요.

전 당신의 말을 받아들일 거예요. 하지만 맹세하신다면

그 맹세가 거짓으로 바뀔지도 몰라요.

연인들이 하는 그런 거짓 맹세는

사람들 말로는, 주피터도 비웃을 정도라고 하잖아요.

오, 다정한 로미오.

정말 저를 사랑한다면, 진실하게 말해 주세요.

혹시 제가 너무 쉽게 당신을 받아들인다고 생각한다면

전 표정을 찌푸리고 토라져서는

당신에게 싫다고 말할 거예요.

그러면 당신은 다시 사랑한다고 하시겠지요.

그게 아니라면 안 할 거예요.

진심으로 아름다운 몬터규, 전 너무 빠져 있어요.

그래서 당신은 저를 가볍게 여길지도 몰라요.

이제 와 고백하건대, 조금은 거리를 두었어야 했어요.

그렇지만 제가 미처 알기도 전에 당신이 엿들어 버렸어요.

사랑에 대한 제 진심과 열정을요. 그러니 용서해 주세요.

부디 이 마음을 가벼운 사랑이라고 생각하지 마세요.

이 어두운 밤이 모든 걸 밝힌 셈이니까요.

로미오 아가씨, 저 위에 떠 있는 달을 두고 맹세할게요.

바로 과일나무 끝을 은빛으로 만드는 저 달을 두고요.

줄리엣 오, 로미오. 달을 두고 맹세하지 마세요.

둥글게 궤도를 돌면서

매달 바뀌는 변덕스러운 달을 두고 하는 맹세라면

당신의 사랑도 달처럼 변덕스러울까 봐 두려워요.

로미오 그러면 무엇을 두고 맹세할까요?

줄리엣 아예 맹세하지 마세요.

혹여 맹세를 꼭 하고 싶으시다면, 신을 걸고 맹세하세요.

당신이 바로 제 하느님이시니까요.

저는 당신을 믿을 거니까요.

로미오 만일 내 마음속 소중한 사랑이……

줄리엣 맹세하지 말아요.

당신의 맹세는 저에게 기쁨이겠지만

오늘 밤의 이 맹세는 기쁘지 않아요.

너무 성급해요. 깊지 않고 갑작스럽지요.

번개가 친다고 말하기 전에 사라져 버리는

그 번개와도 같아요. 사랑하는 그대여, 안녕!

이 사랑의 꽃봉오리는 언제 피어날지 몰라요.

우리가 다음에 만날 땐

여름의 아름다운 숨결을 머금고

활짝 피어날지도 모르지요.

안녕, 그러니 안녕히 가세요. 달콤한 휴식의 마음이

제 가슴에 새겨진 만큼 당신의 마음에도 깃들었기를.

로미오 오, 정녕 이렇게 저를 둘 건가요?

줄리엣 오늘 밤 제가 어떻게 해야 하지요?

로미오 제가 맹세한 것처럼 당신도 맹세하세요.

줄리엣 당신이 하기도 전에 이미 저의 맹세를 드렸답니다.

그렇지만 다시 할 수 있어요.

로미오 그 맹세를 거두어 가려는 건가요?

줄리엣 아낌없이 당신에게 다시 드리기 위해서예요.

하지만 저는 이미 가진 것을 바라고 있군요.

제가 드리는 마음은 바다처럼 끝이 없고

제 사랑은 그보다 깊어요. 더 많은 것을 당신께 드릴수록

더 많은 것을 제가 갖게 되는 거지요. 둘 다 무한하니까요.

(유모가 안에서 부른다.)

줄리엣 안에서 누군가 부르네요. 내 사랑, 안녕!

(유모에게) 곧 갈게요, 유모! 친절한 몬터규,

변하지 마세요.

잠깐만 기다리세요. 곧 돌아올게요. (퇴장)

로미오 오, 축복받은 밤이로구나. 두려울 정도야!

지금은 캄캄한 밤이라서, 꿈이 아닐까 두렵구나.

현실이라기엔 너무 달콤하구나.

(위에서 줄리엣 등장)

줄리엣 사랑하는 로미오, 세 마디만 더 할게요.

그 뒤에는 정말 가세요.

당신의 사랑은 아주 명예롭고

그 목적이 결혼이라면, 내일 전갈을 보내 주세요.

제가 사람을 시켜서 당신한테 보낼게요.

어디에서 어떻게 예식을 치를 것인지 알려 주세요.

그러면 저는 모든 운명을 당신 발아래에 내려 둘게요.

그렇게 당신을 따르겠어요. 내 주인인 당신을.

유모 (안에서) 아가씨!

줄리엣 (유모에게) 곧 가요.

하지만 만약 당신 마음이 명예롭지 않다면

정말 간청할게요.

유모 (안에서) 아가씨!

줄리엣 곧 갈게요!

제 마음을 없던 일로 하고 혼자 슬픔 속에 있게 해 주세요.

그럼, 내일 사람을 보낼게요.

로미오 제 영혼을 걸겠습니다.

줄리엣 수천 번이고 좋은 밤이 되시길. (퇴장)

로미오 그대의 빛이 없으니 수천 번이나 더 나쁜 밤이라오.

사랑이 사랑을 향할 때는 학생이 책과 떨어지는 것과 같고

사랑이 사랑과 헤어지는 것은

무거운 얼굴로 책을 보는 것과 같소.

(로미오가 떠나고, 위에서 다시 줄리엣 등장)

줄리엣 쉿! 로미오, 쉿! 매사냥꾼이

사냥매를 부르는 소리처럼

수매를 다시 불러들일 수만 있다면!

묶여 있는 이 몸은 쉰 목소리로 큰 소리를 낼 수 없군요.

아니라면, 메아리를 만드는 동굴을 무너뜨려서

그녀의 아무것도 없는 목소리를 더 쉬게 만들 텐데.

그리고 로미오를 계속 부를 텐데. 나의 로미오를!

로미오 제 이름을 부르는 그대는 제 영혼입니다.

은 쟁반의 구슬처럼 얼마나 달콤한가.

듣는 이의 귀에는 아름다운 음악 같군요.

줄리엣 로미오!

로미오 왜 부르나요, 내 사랑.

줄리엣 내일 몇 시에 사람을 부를까요?

로미오 9시.

줄리엣 꼭 보낼게요. 지금은 그때까지

20년이나 남은 것 같군요.

왜 당신을 다시 불렀는지 잊었어요.

로미오 생각이 날 때까지 저는 여기에 서 있겠습니다.

줄리엣 그렇다면 영영 잊어야겠네요.

당신이 항상 그곳에 서 있도록.

제가 얼마나 당신의 곁을 좋아하는지 생각하면서.

로미오 당신이 계속 잊을 수 있도록 여기에 있을게요.

이곳만이 제 집인 것처럼.

줄리엣 아침이 오고 있어요. 이제는 가셔야 해요.

하지만 장난꾸러기 아이의 새보다는 멀리 가지 마세요.

그 아이는 새를 사슬에 묶인 불쌍한 죄수처럼

자신의 손에서 약간 벗어나게 했다가,

비단실로 다시 끌어당기잖아요.

로미오 내가 당신의 새였다면.

줄리엣 내 사랑, 저도 그래요.

하지만 당신을 이렇게 잡아 두다가는 죽이고 말 거예요.

안녕, 안녕! 헤어짐은 너무 달콤한 슬픔이네요.

저는 아침까지도 안녕, 좋은 밤을 말하고 있겠지요.

로미오 당신의 눈에 잠이, 가슴에는 평화가 깃들기를.

(줄리엣 퇴장)

로미오 내가 그대에게 그 잠이자, 평화이기를.

회색 눈으로 바뀐 하늘이 찡그린 밤에 미소를 주고

동쪽 구름에 빛줄기가 내비치고 있구나.

얼룩진 어둠은 술주정뱅이처럼

태양의 신 타이탄의 바퀴가 만든

낮은 통로로 비틀거리며 걸어가고 있도다.

이제 신부님 방으로 가서

도움을 구하고, 내게 일어난 행운을 말해야겠어.

3장

(로렌스 신부가 바구니를 하나 들고 등장)

로렌스 자, 태양이 고개를 들어 낮을 깨우고
밤의 이슬을 말리기 전에
나는 독초와 귀한 즙을 지닌 꽃을 따서
이 바구니를 가득 채워야겠다.
대지는 자연의 어머니와 같지만, 그 무덤이기도 하지.
자연이 묻히는 무덤인 대지가 결국 자연의 자궁이고,
그 자궁에서 여러 종류의 자식들이 태어나
자연의 가슴을 빠는데,
수많은 것 모두 효능이 있고
약효가 없는 건 단 하나도 없지만 전부 그 효과가 다르다.
식물과 약초, 돌과 그들의 본성에
담겨 있는 효능은 아주 막강하도다.
이 땅에 사는 그 어떤 사악한 것이라 해도
사람들에게 선행을 베풀지만
아무리 좋다는 것이라 해도 사용 방법에서
벗어나게 된다면

원래의 타고난 효능을 벗어나 해를 끼치게 된다.
덕도 잘못 사용된다면, 악덕이 될 것이고
악한 행동은 종종 고귀한 효과를 만들기도 한다.

(로미오 등장)

로렌스   이 연약한 꽃의 어린줄기마저도
        독의 효능과 약효가 함께 자리 잡고 있도다.
        이것의 냄새를 맡게 되면,
        그 냄새로 사지의 힘이 거세지고
        혀로 맛을 보게 되면, 심장과 함께
        모든 감각이 다 마비된다.
        이 약초처럼 인간에게도 적대적인 왕이
        그 안에 숨어 있도다.
        미덕과 함께 거친 욕심이 한 몸에 있지만
        더 악한 것이 몸을 지배하는 순간에는
        죽음이라는 벌레가 그 몸을 갉아 먹게 된다.
로미오   안녕하세요, 신부님.
로렌스   하느님의 축복이 있기를.
        누가 이렇게 이른 시각에 일어나

상냥한 인사를 건네는 건가.

애야, 잠자리와 이토록 빨리 작별한 걸 보니

번민이 있구나.

근심이나 걱정은 노인네들 눈에 서 있고

근심이 있는 곳에서는 잠이 달아나 버리지.

하지만 머리에 아무런 걱정이 없고 몸이 성한 젊은이는

팔다리만 내려놓는다면, 황금 같은 잠이 곧장 오는 법.

그러니 이렇게 일찍 일어나게 된 것은

무언가 걱정이 많아 잠에서 깼다는 징조지.

그게 아니라면, 이 말이 더 맞을 테지만

우리 로미오는 어젯밤 잠을 자지 않았던 거야.

로미오 잠자리에 들지 못한 게 맞아요.

하지만 더 달콤한 꿈을 누렸습니다.

로렌스 하느님, 죄를 용서해 주세요.

자네, 로잘린과 함께였나?

로미오 로잘린이라니요! 신부님, 아닙니다.

저는 그 이름이 제게 퍼붓는

고통과 아픔을 모두 잊었습니다.

로렌스 잘됐구나. 그렇다면 어디에 있었단 말이냐?

로미오 두 번 물으시기 전에 대답할게요.

원수의 축제에 갔었답니다.

하지만 그곳에서 누군가 저에게 상처를 주었지요.

저는 그 사람에게 상처를 입히기도 했습니다.

양쪽의 치료는 신부님의 도움과

거룩한 치료에 달려 있습니다.

전 그 사람을 전혀 미워하지 않습니다. 왜냐하면

저의 기도가 원수에게는 똑같이 은총이 되기 때문입니다.

로렌스 아니, 쉬운 말로 하시게나.

요점을 분명하게 하라는 말이야.

수수께끼 같은 고백에는 수수께끼 같은 용서뿐이야.

로미오 그렇다면 쉬운 말로 하겠습니다.

제 마음의 진정한 사랑이 부유한 캐퓰렛의

아름다운 딸에게 넘어가고 말았습니다.

제가 그녀에게 넘어간 것처럼

그녀의 사랑도 저에게 넘어왔지요.

모든 것은 이미 합쳐졌고,

이제는 신부님께서 성스러운 결혼식으로

우리를 맺어 주실 일만 남았습니다. 언제, 어디서, 어떻게

우리가 만났고, 구애했으며, 사랑의 서약을 나눴는지는

가면서 말씀드리겠습니다. 하지만 제발 부탁드려요.

오늘 우리의 결혼이 이루어지게 해 주겠다고

약속해 주세요.

로렌스 거룩한 성 프란체스코여, 이렇게 쉽게 변했다니!

그렇게 사랑하던 로잘린을 쉽게 버렸단 말인가?

내 생각에 젊은 남자의 사랑은 마음에 있는 게 아니라

눈에 있는 게 분명하구나.

예수 마리아! 로잘린을 향한 마음 때문에

얼마나 많은 소금 눈물로

너의 창백한 뺨을 적셨는가.

엄청나게 많은 소금 눈물을 낭비한 셈이로구나.

사랑의 간을 맞추었지만, 전혀 맛도 보지 못했구나!

태양이 여태 너의 한숨이 만든 구름을

가져가지도 않았는데,

너의 옛 신음이 아직도 이 늙은 귀에 생생한데,

보아라, 여기 그 눈물 자국이 그대로 남아 있구나!

네가 아직 너 자신의 모습이라면,

그리고 이 고통이 전부 네 것이 맞는다면

너와 이 고통 모두가 바로 로잘린을 위한 것이었는데.

그런데 어떻게 너는 변했단 말이냐?

그렇다면 이 문장을 말하거라.

남자는 지조가 없으니, 여자도 타락하게 된다.

로미오 로잘린을 사랑한다고 툭하면 나무라셨잖아요.

로렌스 사랑을 나무란 게 아니야.

너무 빠져 있어서 나무란 거지.

로미오 그렇지만 사랑을 묻으라고 하셨잖아요.

로렌스 그걸 무덤에 묻으라고는 하지 않았지.

하나를 묻은 뒤에 하나를 파내라고는 더더욱 하지 않았지.

로미오 저를 꾸짖지 말아 주세요. 지금 제가 사랑하는 여인은

은혜를 은혜로, 사랑을 사랑으로 대답하는 사람입니다.

다른 사람은 그렇지 않아요.

로렌스 오, 그녀는 잘 알고 있던 게지.

쓸 줄 모르지만, 상투적인 연애시를 읊어 내는 게

네 사랑이라는 걸.

하지만 이 어린 방랑자여, 날 따라오거나.

너를 돕는 게 맞겠다 싶구나.

왜냐하면 너희의 사랑이 잘 된다면

두 가문의 깊은 원한을

순수한 사랑으로 바꿀 수 있으니 말이다.

로미오 그럼, 빨리 가요! 급해요.

로렌스 현명하게, 그리고 천천히.

빨리 가는 자는 분명 넘어진다네.

(모두 퇴장)

4장

(벤볼리오와 머큐쇼 등장)

머큐쇼 이 로미오 녀석은 대체 어디에 있는 거야?
　　　어젯밤 집에 안 들어갔다고?

벤볼리오 그의 아버지 집에 안 들어왔다더군. 그의 하인이
　　　말해 줬어.

머큐쇼 이런, 이런. 그 로잘린이라는 창백하고 무정한 년이
　　　괴롭히더니, 아마 미쳐 버렸을 거야.

벤볼리오 티볼트, 그 캐풀렛 노인의 일가가 로미오 아버지
　　　집에 편지를 보냈다는군.

머큐쇼 분명 보나마나 도전장이겠지.

벤볼리오 로미오는 받아들일 거야.

머큐쇼 글을 쓸 줄 아는 사람이라면 분명 답장을 할 거야.

벤볼리오 그 편지의 주인에게 답을 할 거란 말이야. 도전을 받았으니 분명 응할 거야.

머큐쇼 아아, 불쌍한 로미오. 그 녀석은 이미 죽은 목숨이나 다름없군. 얼굴 창백한 계집의 검은 눈에 찔리고 사랑의 노래가 그 녀석의 귀를 뚫었어. 심장 과녁은 눈먼 소년의 연습용 화살에 찔렸는데, 이제 티볼트와 상대까지 해야 한다고?

벤볼리오 왜, 티볼트가 누군데?

머큐쇼 고양이들의 왕, 그 이상이라고 할 수 있지. 정식 결투 절차에서는 용사라고 할 수 있어. 그가 싸우는 모습은 마치 악보를 보고 노래를 부르는 것처럼 시간과 거리, 박자를 맞춘다네. 아주 잠깐 숨을 돌리는 듯하다가 하나, 둘, 셋에 곧바로 가슴을 찌르지. 비단 단추도 바로 떼어 버리는, 결투장의 도살자야. 좋은 가문 출신이면서 결투의 이유도 잘 끄집어낸다네. 그는 최고의 검술 학교 출신이라 치명적인 앞 찌르기와 뒤 찌르기! 끝내기까지 제대로야!

벤볼리오 도대체 뭐라는 거야?

머큐쇼 그렇게 괴상하고 혀 짧은 소리로 요란하게 굴면서 거들먹거리는 놈들은 그저 저주나 받아 버려야 해! 거

참, 대단하신 싸움꾼에 용감한 대장부, 훌륭한 창녀들이라지! 아니, 이건 굉장히 유감이라고. 외국 유행을 따르면서 새로운 발음을 왱왱거린다고. 그러고서는 '죄송합니다만.'이라는 말만 되풀이하고 새로운 것만 좇다가 낡은 의자에는 앉지도 못하는 것들에게 시달리다니! 아, 이제는 뼈가 아프다네, 뼈마디가!

(로미오 등장)

벤볼리오 아, 저기 로미오가 오고 있어!

머큐쇼 '로'는 빠지고 말린 청어 꼴이 되었어. 오, 살덩어리야. 살덩어리처럼 창백하고 흐느적거리잖아! 페트라르카가 낭송하던 연애시를 생각하고 있는 건가. 로라도 그의 애인에 비하면 그저 부엌데기에 불과해. 하지만 그녀에게는 사랑 노래를 지어 줄 애인이 있었지. 디도(그리스 신화에 나오는 페니키아의 여왕)는 추녀, 클레오파트라는 집시, 헬렌과 히어로는 그저 창녀에 불과하고 티스베는 초록빛 눈이지만 그저 그렇지. 로미오 씨, 봉주르. 자네가 프랑스식 느슨한 조끼를 입었으니, 나도 프랑스 방식으로 인사했다네. 어젯밤에는 우리를 감쪽같이 따돌렸어.

로미오 오, 둘 다 안녕. 내가 자네들을 따돌리다니 무슨 말이지?

머큐쇼 몰래 도망친 거, 몰래 도망친 거 말이야. 이제는 딴청까지 부리는 겐가?

로미오 미안하군, 머큐쇼. 중대한 일이 있어서 그랬어. 그런 경우는 잠깐 예의를 벗어날 수도 있지.

머큐쇼 그건 다리가 덜덜 떨릴 정도로 허벅지를 안을 일이 있다는 소리 같은데?

로미오 그저 미안하다는 이야기를 하는 거야.

머큐쇼 그건 부드러웠다는 말인가?

로미오 아, 생각하는 거 하고는.

머큐쇼 나만큼 정화해서 말하라고 해.

로미오 정화라는 건 꽃이라는 소리군.

머큐쇼 맞아.

로미오 하긴, 내 신발에도 꽃이 있다네.

머큐쇼 멋진 말이군! 내 농담을 하나하나 따지고 든다면, 자네의 그 신발이 곧 너덜너덜해질 거야. 신발 밑창이 닳는다면 내 농담만 독보적으로 남겠군.

로미오 그 농담이야말로 대단하군. 시시한 게 마치 짝을 잃은 신발 같군.

머큐쇼 도와줘, 벤볼리오. 내 머리가 달리는군.

로미오 쥐어짜 보게나. 안 그러면 내 승리로 경기가 끝날 거야.

머큐쇼 이건 재치에 대한 승부가 아니라 뜬구름 잡기 같군. 내가 어떻게 자네를 이길 수 있겠나. 자네는 내가 가진 오감에 멍청함을 하나 더 갖고 있는데 말이야. 멍청한 걸로는 내가 어찌 자네를 따라잡겠나?

로미오 자네가 따라잡는 거라고는 창녀뿐이잖나.

머큐쇼 그 농담은 귀를 확 깨물어 주고 싶군.

로미오 아니야, 멍청한 친구여. 물지는 말게나.

머큐쇼 자네의 재치는 아주 쓰군. 강렬한 맛이야.

로미오 멍청이 요리에는 아주 잘 어울리겠단 말이지?

머큐쇼 말재간이 아주 새끼 염소 가죽 같군. 1인치를 45인 치로 늘리겠어.

로미오 늘린다는 말만큼만 늘릴 생각이야. 그걸 멍청이에 게 갖다 붙이면, 아주 기다란 멍청이가 되겠지.

머큐쇼 자, 보라고. 징징거리면서 사랑 타령을 하는 것보다 이게 더 좋군. 이제야 자네가 다시 사교적인 사람으로 돌아오게 됐어. 이제야 로미오 같군. 배운 걸로 보나 재 주로 보나 이제는 로미오라고. 침을 뚝뚝 흘리는 사랑이 란 놈은 제 물건을 구멍에 숨기려고 하는 엄청난 바보

같거든.

벤볼리오 이제 그만해. 거기서 멈추라고.

머큐쇼 이제 막 재미있어지려는데 어떻게 관두겠나.

벤볼리오 지금 관두지 않으면 끝까지 가려 할 테니, 이제 그
만둬.

머큐쇼 아, 그건 자네가 틀렸어. 나는 짧게만 끝내려고 했거
든. 이제 갖고 있는 걸 탁탁 털었다고. 이제 더 이상 말하
지 않으려고 했지.

로미오 여기 좋은 게 왔군.

(유모와 피터 등장)

벤볼리오 돛단배다! 돛단배야!

머큐쇼 두 척이야, 두 척! 바지와 치마라고!

유모 피터.

피터 네.

유모 내 부채를 다오.

머큐쇼 착한 하인이군. 얼굴을 가려 주잖나. 가리는 게 훨씬
낫군그래.

유모 멋진 아침이군요, 신사분들.

머큐쇼　좋은 저녁이군요, 멋진 부인.

유모　지금 저녁인가요?

머큐쇼　그럴지도 모르지요. 음탕한 시계의 손가락이 정오의 물건을 붙잡고 있으니까요.

유모　어머, 망측해라! 별사람이 다 있군요!

로미오　이 사람은 자신을 망가뜨리기 위해 만들어졌답니다.

유모　그 말은 정말 맞는 말이네요. '자신을 망가뜨린다.'라고 하셨나요? 그나저나 신사분들, 어딜 가면 젊은 로미오를 찾을 수 있나요?

로미오　말씀은 드릴 수 있지만 부인께서 만날 로미오는 부인이 찾는 로미오보다는 조금 더 나이가 있을 겁니다. 하지만 그 이름을 가진 사람 중 가장 젊은 사람은 바로 접니다.

유모　말씀을 잘하시네요.

머큐쇼　이런 최악을 잘한다고 말하나요? 이해심이 좋으시군요, 부인. 영리하네요!

유모　만약 당신이 로미오라면 단둘이 나눌 이야기가 있습니다.

벤볼리오　저녁 식사라도 할 생각이오?

머큐쇼　뚜쟁이다! 뚜쟁이야, 뚜쟁이! 찾았다!

로미오 뭘 찾았다는 거지?

머큐쇼 토끼는 아니야. 추수절 파이에 넣을 토끼 고기라고
하지. 하지만 그건 먹기도 전에 상해 버렸어.

(그들 주위를 맴돌며 노래를 부른다.)

상해 버린 한 마리의 늙은 토끼

그렇게 상해 버린 한 마리의 늙은 토끼는

추수절용 고기로 쓰이지.

하지만 상해 버린 토끼는

먹기도 전에 상해 버려서

돈을 주고 사기엔 너무 아깝지. (노래를 끝낸다.)

로미오, 자네 아버지 집으로 갈 텐가? 우리도 거기에서
식사하려고.

로미오 곧 따라가겠네.

머큐쇼 안녕, 부인. 안녕, 할망구.

(머큐쇼와 벤볼리오 퇴장)

유모 그래, 썩 꺼져! 아니, 저런 못된 짓을 하는 사람이 대체
누구예요?

로미오 자기가 하는 말을 스스로 듣기 좋아하는 사람이지

요. 한 달 동안 할 말보다 더 많은 말을 1분 안에 하지요.

유모   만약 저 작자가 어디 가서 욕한다면 혼꾸멍을 낼 거예요. 설사 생긴 것보다 더 힘이 세다고 해도 내가 박살을 내 버릴 거예요. 저런 놈은 20명이 달려들어도 상관없어요. 그래도 내가 상대할 수 없다면, 다른 사람에게 시킬 거예요. 정말이지 무례한 작자네요. 나는 희롱거리가 아니란 말이지. 저런 놈과는 친구로도 어울리면 안 돼요. 그런데 피터, 자네는 저런 잡놈이 맘대로 나를 희롱하는데도 그저 가만히 있었단 말인가?

피터   저는 누군가가 유모를 희롱하는 걸 본 적이 없습니다. 만약 봤다면 그 즉시 무기를 꺼내 들었겠지요. 제가 장담하는데, 싸움이 벌어지고 법이 제 곁에 있다면 언제든 재빠르게 칼을 뽑을 사람은 저란 말입니다.

유모   이거 원, 너무 화가 난단 말이지. 어찌나 분이 차는지 몸이 떨리고 있어. 야비한 놈이군! (로미오에게) 그런데 도련님, 이제 한마디만 합시다. 이미 말했듯 우리 아가씨가 당신을 찾으라고 했습니다. 아가씨가 하라는 말은 그냥 나만 알고 있겠어요. 내가 말하고 싶은 건, 만약 당신이 우리 아가씨를, 그러니까 사람들 말처럼 바보들의 천국으로 이끄는 것이라면, 그건 너무 못된 행동이에요.

우리 아가씨는 아직 어리답니다. 그러니까 도련님이 우리 아가씨를 농락하는 거라면, 그건 그 어떤 숙녀에게도 할 행동이 아니고, 아주 못된 행동이라는 거예요.

로미오 유모, 아가씨에게 안부를 전해 주세요. 그리고 내가 맹세하건대.

유모 착한 도련님, 내가 틀림없이 전해 드리겠어요. 아마 우리 아가씨는 행복할 거예요.

로미오 유모, 어떤 말을 전하겠다는 거요? 내 말을 다 듣지도 않았소.

유모 도련님, 아가씨에게 당신이 맹세했다고 전할게요. 그건 내가 봤을 때 참 신사다운 행동이거든요.

로미오 아가씨에게 오늘 오후

고해 성사를 하러 나오라고 하세요.

그러면 로렌스 신부님의 방에서 아가씨는

고해 성사를 하고 나와 결혼하게 될 거라고요.

이건 수고비입니다.

유모 아니에요. 저는 돈 한 푼 받지 않을 거랍니다.

로미오 자, 어서 받아요.

유모 오늘 오후라고 하셨지요? 그리로 꼭 가라고 할게요.

로미오 그리고 유모는 기다리세요. 수도원 벽 뒤에서요.

한 시간 안에 내 하인이 그리로

줄사다리를 갖다줄 거예요.

그건 밤에 몰래 날 데려다줄 것이랍니다.

바로 내 기쁨의 절정으로요.

잘 가요. 일을 잘 처리해 주시면 꼭 보답할게요.

안녕. 아가씨에게 안부 전해 주세요.

유모 이제 하늘에 계신 하느님의 축복이

도련님에게 닿을 일만 남았군요. 참, 도련님.

로미오 유모, 어떤 말이 남았나요?

유모 그 하인은 믿을 만한가요? 이런 말이 있습니다.

한 사람을 빼면 두 사람이 비밀을 지킨다고요.

로미오 내 장담하건대 내 하인은 강철 같은 믿음을 갖고 있
습니다.

유모 그래요, 도련님. 우리 아가씨 같은 사람은 없답니다.
오, 주님! 우리 아가씨가 어릴 때, 아니, 그보다 패리스
백작이 아가씨를 마음에 들어 한답니다. 그런데 그의 얼
굴을 보자면 마치 두꺼비, 그래요. 두꺼비를 보는 게 더
낫다고 하더군요. 제가 아가씨를 골려 주려고 그분이 멋
진 남자라고 하는데 그때마다 아가씨의 얼굴이 창백하
게 질린답니다. 로미오와 로즈마리는 같은 글자로 시작

하나요?

로미오 맞아요, 유모. 둘 다 R로 시작하지요.

유모 어쩜 그리 농담을 하시나요. 그건 개의 이름이지요. 다른 글자로 시작될 거예요. 우리 아가씨가 도련님 이름과 로즈마리라는 단어로 얼마나 아름다운 문장을 만들었는지 몰라요. 아마 그 글을 들으시면 기분이 좋아지실 거예요.

로미오 아가씨에게 내 인사를 전해 주세요.

유모 그럼요, 수천 번이라도 전하지요. 피터!

(로미오 퇴장)

피터 네.

유모 앞장서거라. 그리고 빨리 움직이세.

5장

(줄리엣 등장)

줄리엣   9시 종이 칠 때 내가 유모를 보냈지.

그리고 유모는 30분 안에 돌아오겠다고 약속했어.

혹시라도 그분을 못 만난 건 아닐까. 아니, 그럴 리 없어.

아, 유모는 절름발이야! 사랑의 전령사가 되려면

그림자를 몰아내는 햇빛보다 열 배 더 빠른 생각을 해야 해.

그러니 재빠르게 날갯짓을 하는 비둘기가

비너스의 마차를 끌고

바람처럼 빠른 큐피드에게는 날개가 있잖아.

이제 오늘의 해는

저 꼭대기에 있는데, 9시에서 12시라니.

이건 너무 긴 세 시간이야. 그런데도 아직 안 왔다니.

유모에게 뜨거운 정열과 따뜻한 피가 있다면

재빠른 공처럼 움직였을 텐데.

내 말이 공처럼 재빨리 그에게 닿고

그의 말은 빨리 나에게 왔을 텐데.

그렇지만 늙은 사람들은 마치 자기네들이 죽은 것처럼

움직인단 말이야.

굼뜨고 느릿하게 움직이고 무겁고 둔하다고.

(유모와 피터 등장)

줄리엣 오, 주여. 유모가 이제야 오네!

유모! 어떤 소식이 있나요?

그분을 만났나요? 하인을 내보내세요.

유모 피터, 문밖에서 기다리시게.

(피터 퇴장)

줄리엣 자, 착하고 다정한 유모.

그런데 왜 그리 슬픈 표정이지요?

슬픈 소식이라 해도 즐겁게 말해 줘요.

만약 좋은 소식인데 그런 표정으로

소식을 연주하는 거라면,

달콤한 소식을 모독하는 것과 같아요.

유모 아, 좀 피곤하네요. 숨 좀 돌릴게요.

이제는 뼈가 다 쑤시네요. 어찌나 빠르게 움직였는지!

줄리엣 유모, 내 뼈를 가져가요.

나는 유모의 소식을 가질게요.

자, 이제 말해 줘요. 사랑스러운 유모, 말을 해요.

유모 아니, 아가씨. 왜 그리 서두르는 거지요?

조금 기다려요. 제 숨이 넘어가는 건 보이지 않나요?

줄리엣 숨이 차다는 말을 할 정도의 숨이 남아 있으면서

어떻게 숨차다는 말을 하는 거지요?

이렇게 질질 끌면서 하는 핑계는

유모가 가져온 소식보다 더 긴 것 같아요.

좋은 소식인가요, 나쁜 소식인가요? 그것만 알려 줘요.

둘 중 무엇인지만 알려 줘요.

상세한 건 기다렸다가 들을게요.

나 정말 못 참겠어요. 좋아요, 아니면 나빠요?

유모 아가씨, 참 바보 같은 선택을 했어요. 남자 보는 눈도
없어요? 로미오라니요? 그 남자는 아니에요. 물론 얼굴
은 누구보다 빼어나요. 다리는 쭉 뻗었고, 손과 몸도 다
그래요. 별거 없어 보여도 남들보다는 괜찮아요. 다른
사람보다 예의가 뛰어나지는 않지만 어린 양처럼 착한
건 맞아요. 아가씨, 가서 하느님께 기도를 드리세요. 참,
점심은 챙겨 먹었나요?

줄리엣 아니, 아직요.

하지만 이 모든 건 이미 내가 알고 있는 거라고요.

우리 결혼에 대해선 뭐라던가요?

그건 말하지 않던가요?

유모 오, 하느님. 머리가 아프네요.

머리가 왜 이리 쑤시는 거지요?

마치 스무 개로 쪼개지는 것처럼 아파요.

아아, 허리도요.

(줄리엣이 유모의 등을 문지른다.)

유모 아니, 그쪽이 아니에요. 아이고, 허리야!

이리저리 오르락내리락 뛰어다니느라 죽을 지경이었어요.

이런 절 심부름을 보내다니, 참 못됐어요.

줄리엣 유모가 아프다니 정말 미안해요.

착하고 다정한 유모, 이제 말해요.

내 사랑이 뭐라고 했지요?

유모 아가씨의 사랑이 말씀하시길, 예의 바른 신사처럼,

명예를 지키며 친절하게, 그리고 잘생긴 얼굴로,

또 제가 단언하는데, 덕이 있는 분으로.

아니. 그런데 마님은 어디에 계시지요?

줄리엣 어머니가 어디 계시냐고? 물론 이 집 안에 계시지,

어디 계시겠어요? 유모 말이 정말 이상해요.

'아가씨의 사랑이 말씀하시길.'에서 시작해서

'마님은 어디에 계시지요?'로 끝나다니요.

유모 오, 성모 마리아님.

그렇게 애간장이 타나요? 이거 원.

이게 제 쑤시는 뼈마디에 하는 말인가요?

약은 못 주실망정.

다음부터는 아가씨가 직접 말을 전하도록 해요.

줄리엣 정말 난리가 났네요, 유모. 자 어서요.

로미오가 뭐라고 하시던가요?

유모 오늘 고해 성사에 간다는 허락을 받았나요?

줄리엣 그럼요.

유모 그러면 어서 서둘러서 로렌스 신부님 방으로 가세요.

아가씨를 아내로 맞이할 남편이

그곳에서 기다리고 있어요.

이제 아가씨의 뺨에 붉은빛이 보이는군요.

무슨 이야기를 들어도 금세 붉어지는 볼이지요.

빨리 교회로 가요. 저는 사다리를 가지러

다른 길로 가야 해요. 그 사다리로 아가씨의 사랑이

깜깜해지는 어둠에서 새들의 둥지로 날아오를 거예요.

저야 뭐, 아가씨의 행복을 위해 고생하고 있지만

곧 밤이 오면 아가씨 위에 짐이 올라타겠지요.

가요. 저는 식사하러 갈 거예요.

신부님 방으로 얼른 가세요.

줄리엣 내 행복을 찾아서 가야겠어요. 착한 유모, 안녕.

(각자 따로 퇴장)

6장

(로렌스 신부와 로미오 등장)

로렌스 하늘이시여, 이 성스러운 의식에 미소를 보내 주소서.

　　　훗날 우리에게 슬픔을 줌으로써 나무라지 말아 주소서.

로미오 아멘, 아멘! 그 어떤 슬픔이 닥친다고 하더라도

　　　지금 이 순간, 그녀를 마주하며 얻는 기쁨과

　　　비교할 수 없을 것입니다.

　　　성스러운 서약으로 우리 손을 잡고

　　　신부님이 맹세해 주신다면

　　　사랑을 삼켜 버리는 죽음이

　　　그 어떤 짓을 한다 해도 상관없어요.

　　　그녀를 내 사랑이라고 부를 수 있는 것만으로도

충분합니다.

로렌스   이렇게 갑작스러운 기쁨은 급한 종말을 맞이하는 법.

절정은 죽음과 같지. 불과 화약이 만나는 순간

서로에게 소멸을 약속하듯이. 가장 달콤한 꿀이라 해도

너무 달면 역겨움을 주고

그 맛은 혀에 혼란스러움만 준다.

그러니 사랑은 절제해야 한다.

오래가는 사랑은 그래야 하는 법.

너무 빨리 가면 너무 늦은 것만큼 탐탁지 않지.

(줄리엣 등장)

로렌스   저기 아가씨가 오는군.

저렇게 발걸음이 가벼운 걸 보니

부싯돌은 결국 영원히 쓸 수 있겠군.

사랑에 빠진 사람은 여름날 불어오는 훈풍에도,

흔들리는 거미줄을 타고도

떨어지지 않는다네. 사랑의 기쁨은 그토록 가벼운 법.

줄리엣   안녕하세요, 신부님.

로렌스   자매님, 로미오가 저를 대신해서 입맞춤할 겁니다.

줄리엣 줄리엣도 신부님의 입맞춤을 대신하겠습니다.

그렇게 안 하면 로미오의 입술보다 가벼울 테니까요.

로미오 아, 줄리엣. 그대의 기쁨을 담은 그릇을 잰다면

내 기쁨만큼의 무게이겠고, 그 기쁨을 표현하는 기술이

나보다 낫다면, 그대의 숨결로

이 주변의 공기를 달콤하게 만들어,

황홀한 음악 같은 말로

우리 두 사람이 귀중한 만남으로 만지게 된

꿈처럼 밝은 행복을 펼쳐 주시오.

줄리엣 말보다 더 은밀한 상상은

그 실속을 장식하지 않고 자랑하지요.

자신의 가치를 헤아릴 수 있는 사람은 거지일 뿐.

제 사랑이 너무 넘치는 바람에

저는 제 재산의 반도 셀 수가 없답니다.

로렌스 자, 나를 따라오너라. 간단하게 마쳐야겠어.

미안하지만, 너희 둘을 그대로 두었다가는

신성한 교회에서 무슨 일이 벌어질 것 같구나.

(모두 퇴장)

3막

Romeo and Juliet

1장

(머큐쇼와 벤볼리오, 그리고 그의 하인들 등장)

벤볼리오 착한 머큐쇼. 제발, 그만 들어가자고.

　　　날씨는 덥고 케플릿가 사람들이 나와 있어.

　　　이런 날에 마주치면 분명 싸우게 될 거야.

　　　미친 더위는 피를 끓게 만드는 법이거든.

머큐쇼 자네는 술집에 들어서서 칼을 테이블에 던지고는

　　　'너 같은 놈은 필요 없어!'라며 소리치고 술이 두 잔째

　　　들어갔을 때쯤 아무 이유도 없이 종업원에게 칼을 들이

　　　밀 위인이야.

벤볼리오 내가 그런 작자라고?

머큐쇼 이봐, 자네는 이탈리아에서 성질이 불같기로 유명

　　　한 사람이야. 쉽게 욱하고 누군가가 건드리면 바로 화를

　　　버럭 내고.

벤볼리오 누구를 두고 화를 낸다는 말이야?

머큐쇼 만약 자네 같은 사람이 둘 있다면, 얼마 안 가서 둘

　　　다 사라지고 말 거라고. 서로 죽여 버릴 테니 말이야. 자

　　　네는 어떤 사람 턱수염이 자네보다 한 가닥 더 있거나

없다고 싸우려 할 거야. 자네는 자네 눈이 개암 빛을 낸
다는 이유로 개암을 깨려는 사람과 싸우려고도 하지. 하
기야, 그런 눈이니까 그런 시빗거리를 잘 찾아내는 거겠
지? 자네 머릿속에는 달걀 속이 가득 찬 것처럼 싸움으
로 채워져 있다고. 그런데 자네 머리는 싸우면서 머릴
맞는 바람에 썩은 달걀과 다를 바 없잖나. 어떤 사람이
길거리에서 기침했다는 이유로 자네가 시비를 걸었는
데, 그 이유는 고작 햇빛을 받으며 늘어지게 자고 있는
개를 깨웠다는 이유였네. 게다가 재단사가 부활절 전에
새로 만든 옷을 입었다고 싸우고, 새 신발에 헌 신발 끈
을 끼웠다고 싸우지 않았나? 그런 자네가 내게 싸우지
말라는 말을 하다니!

벤볼리오 내가 만약 자네 말처럼 싸움을 즐기는 자라면, 내
삶은 1시간 15분 정도일 거야. 그럼 누구든지 내 삶에 대
한 소유권을 가질 수 있겠지.

머큐쇼 뭐라고? 1시간 15분? 소유권? 이런 말도 안 되는 소릴!

(티볼트와 페트루키오와 다른 사람들 등장)

벤볼리오 오, 저기 캐풀렛가 놈들이 오고 있어.

머큐쇼 그래? 나는 상관없어.

티볼트 내 뒤로 바짝 따라와. 저놈들에게 할 말이 있거든. (캐풀렛 사람들을 향해) 어이, 안녕들 하신가? 너희 중 한 명과 한마디만 나누겠네.

머큐쇼 우리 중 한 명과 한마디만 한다고? 거기에 뭘 더 보탤 것 같은데. 예를 들면 한마디에 한 대씩 갈기는 일.

티볼트 네놈이 빌미를 만들어만 준다면 그럴 수 있지.

머큐쇼 빌미를 안 주면 스스로 만들지 못한다는 말이야?

티볼트 머큐쇼, 너는 로미오와 같은 패거리지?

머큐쇼 패거리? 우리를 떠돌이 서커스단으로 만들 셈이야? 옳거니, 우리를 그렇게 생각했다면, 불협화음을 들려주지. (검을 뽑아 치켜든다.) 내 깽깽이 채가 여기 있네. 이게 너를 춤추게 만들 거야. 패거리라니, 웃기지도 않은 소리군.

벤볼리오 여긴 사람들이 많이 지나다니는 곳이야.

여기서 이러지 말라고.

사람이 없는 곳으로 가자.

아니면 뭐가 그리 불만인지 이야기하거나.

뭐 그것도 싫다면, 이만 찢어지자고.

사람들이 모두 우릴 보고 있잖나.

머큐쇼 사람들 눈이야, 보라고 달린 거지. 보려면 보라지.

난 딴 사람들 기분 맞추면서 사는 건 별로야.

(로미오 등장)

티볼트 자, 이제 너희와는 볼 일이 없어졌어.

여기 내가 찾는 놈이 왔거든.

머큐쇼 이거 참, 내가 목을 맬 일이군. 그가 너의 하인인가?

'놈'이라니.

이제는 결투장으로 자리를 옮기지.

그러면 그가 널 따라갈 테니 말이야.

그렇다면 넌 그를 두고 '놈'이라고 할 수 있겠지.

티볼트 로미오, 내가 너에게 품은 호의로

할 수 있는 말은 고작 이 정도다. 이 나쁜 놈아.

로미오 티볼트, 그런 인사말에는 당연히 화를 내야겠지만

이젠 내가 자네를 사랑해야 할 이유가 생겼다네.

그러니 그 말은 참아 주겠네. 난 나쁜 놈이 아니야.

부디, 이제 갈 길을 가게나. 자넨 나를 몰라.

티볼트 이봐, 이렇게 어물쩍 넘어가면 안 되지.

네 녀석에게 받은 모욕이 있다고. 어서 칼을 뽑아 들어.

로미오 나는 맹세코 너에게 모욕을 준 적이 없어.

오히려 네가 생각하는 것보다 더 너를 사랑하지.

내 사랑의 이유는 차차 알게 될 거야.

그러니 선한 캐풀렛이여, 내 이름만큼이나

내가 소중히 여기는 이름이여. 그만하게나.

머큐쇼 (칼을 뽑으며) 이런 약하고 치욕스러운 광경이라니,

굴복하는 건가!

단칼에 없앨 수 있는데.

티볼트, 이 쥐잡이 고양이 같은 놈아, 덤벼라.

티볼트 나하고 어쩌자는 거지?

머큐쇼 고양이의 근사한 왕이여. 너의 목숨 아홉 개 중 더도

말고 덜도 말고 딱 하나만 내가 가져가겠다는 말이지.

그 정도의 용기는 있어야 하지 않겠나. 그 후에는 네가

하는 걸 봐서 나머지 여덟 개의 목숨도 두들겨 패 줄 거

야. 이제 칼자루를 잡고 그 안에 있는 칼을 뽑아 보지 그

래? 서두르는 게 좋을 거야. 아니면 네가 칼을 뽑기도 전

에 내 칼이 네 귀에 가 있을 거거든.

티볼트 (칼을 뽑는다.) 어서 덤비라고!

로미오 이런, 머큐쇼. 칼을 거두라고.

머큐쇼 자, 이제 나를 찔러 보시지.

(그들이 칼을 겨누고 싸운다.)

로미오 (칼을 뽑으며) 칼을 뽑아, 벤볼리오.

칼로 두 사람의 무기를 떨어뜨리자고.

이보게들, 진정하게나. 창피하지도 않나?

분노를 가라앉히게나.

티볼트, 머큐쇼! 영주께서 베로나 거리에서의 싸움을

절대 금지하셨다고.

(두 사람의 칼끝을 내리치고 두 사람 사이에 끼어든다.)

참아! 너희 둘 모두.

(그사이 로미오의 팔 밑으로 티볼트의 칼이 나와 머큐쇼를 찌른다.)

페트루키오 도망가, 티볼트!

(티볼트와 페트루키오, 그 일행이 전부 퇴장)

머큐쇼 찔려 버렸어.

너네 둘 다 망할 집안이야. 난 끝장이고.

그놈은 벌써 사라졌어? 상처 하나 입지 않고?

벤볼리오 뭐야, 찔린 거야?

머큐쇼 아주 살짝 긁혔어. 긁힌 거야. 아, 이건 참을 수 있어.
내 하인은 어디에 있지? 이놈, 얼른 의사를 데려오라고.

(하인 퇴장)

로미오 이 사람아, 기운을 차리게.
대수롭지 않은 상처일 거야.

머큐쇼 대수롭지 않지. 그래, 우물보다 깊지도 않고 교회 문
만큼이나 넓지 않지만, 내가 죽기엔 아주 충분하지. 내
일 나를 찾아오면 나는 무덤에 있을 거야. 난 이미 틀렸
어. 정말이야. 이 삶은 끝이야. 이런 망할 너희 두 가문
들, 천벌을 받을 거야. 개새끼 한 마리, 쥐새끼 한 마리,
고양이 한 마리가 사람을 할퀴고 죽음에 몰아넣다니!
허풍쟁이, 깡패, 악당, 죽일 놈! 로미오, 너는 왜 우리 사
이에 끼어든 거지? 네 팔 밑으로 칼이 들어왔다고.

로미오 나는 싸움을 말리고자 했다네.

머큐쇼 우선 집으로 날 데려다 줘. 벤볼리오,
그렇게 하지 않으면 기절해 버릴 것 같아.
너희 두 가문은 천벌을 받을 거야.

너희 두 집안 때문에 내가 구더기 밥이 되는구나.

내가 당해 버렸어. 아주 제대로!

(벤볼리오가 머큐쇼를 부축하며 퇴장)

로미오 영주의 가까운 친척이자, 나의 친구.

그런 신사가 나 때문에 치명상을 입었다는 건

내 명성이 짓밟히는 일.

바로 티볼트의 행동으로. 한 시간 전에

나의 친척이 된 티볼트에게.

오, 상냥한 줄리엣. 그대의 아름다움이

나를 나약하게 만들었어.

내가 가진 강한 용기를 녹여 없애 버렸다오.

(벤볼리오 등장)

벤볼리오 오, 로미오, 로미오. 용감한 머큐쇼가 죽었다네!

그 유쾌한 영혼이 너무 일찍 세상을 등지고

하늘 위로 올라가 버렸다네.

로미오 오늘의 짙은 불운은 언젠가 화로 오고 말리라.

이 일은 고통의 시작이 되어

다른 고통을 데리고 올 것이다.

(티볼트 등장)

벤볼리오 저기 화가 난 티볼트 놈이 다시 왔어.

로미오 다시 의기양양해져서 왔구나.

머큐쇼는 죽었다 이건가?

이제 너를 봐주는 관용 따위는 하늘 위로 사라졌다네.

이제 불꽃같은 내 분노가 나를 이끌 것이다.

자, 티볼트. 네가 나에게 했던 '나쁜 놈'이라는 말을

돌려주겠다.

머큐쇼의 영혼이 우리 바로 위,

네놈 가까운 곳에서 기다리고 있다.

방금 네놈이 나를 불렀던 그 말을

길동무 삼아 떠나려고 기다리고 있단 말이다.

너, 아니면 나. 그것도 아니라면

우리 둘이 그와 함께 가야 하지.

티볼트 머큐쇼의 길동무는 너겠지.

이 땅에서 바로 네놈이 그 녀석과 노닥거렸으니까.

로미오 그 운명은 이 칼이 결정하겠지.

(둘이 싸우다가 티볼트가 쓰러진다.)

벤볼리오 로미오, 어서 자리를 뜨게나.

시민들이 일어났어. 그리고 티볼트는 죽었다네.

그런 표정으로 가만히 서 있지 말라고.

영주는 분명 사형 선고를 내리고 말 거야.

어서, 도망가라고. 멀리!

로미오 아, 이제 나는 운명에게 놀아나겠구나!

벤볼리오 왜 그렇게 서 있는 거야?

(로미오가 퇴장하고, 경비대원들 등장)

경비대원 머큐쇼를 죽인 놈은 어디로 도망갔지?

티볼트, 그 사람을 죽인 놈은 또 어디로 갔고?

벤볼리오 저기 누워 있는 사람이 티볼트요.

경비대원 (티볼트에게) 자, 일어나시오. 우리와 함께 갑시다.

영주의 이름으로 명하노니 복종하시오.

(영주와 몬터규와 그 부인, 캐풀렛과 캐풀렛 부인, 그 밖의 사람들 등장)

영주 이 소동을 시작한 악인은 어디에 있느냐?

벤볼리오 오! 고귀한 영주님이시여. 이 치명적인 다툼에 대한

전말은 제가 모두 알고 있습니다.

저기 누워 있는 사람은 젊은 로미오에게 살해됐고

저자는 바로 영주님의 친척,

용감한 머큐쇼를 죽인 자입니다.

캐풀렛 부인 티볼트, 내 조카. 내 오빠의 아들이로다!

오, 영주님. 오, 내 조카. 여보! 내 소중한 조카의

뜨거운 피가 쏟아졌습니다. 영주님, 공정하신 영주님.

내 조카가 쏟은 피의 대가로

몬터규의 피를 쏟게 하소서.

오, 나의 조카, 조카!

영주 벤볼리오, 누가 이런 치명적인 싸움을 시작한 거지?

벤볼리오 여기 로미오의 손에 죽어 버린

티볼트가 시작했습니다.

로미오는 분명히 그를 말렸습니다.

얼마나 부질없는 짓인지

잘 생각하라고 계속해서 말했습니다.

영주께서 노하실 거라고도 말했습니다. 아주 부드럽게

차분하게, 겸손하게 무릎을 굽히고 말했습니다만,

이 만류로는 그를 진정시킬 수 없었습니다. 분노한

티볼트에게는 아무 말도 들리지 않은 것 같았습니다.

그가 칼을 쥐고 찌르려고 달려들었습니다.

용감한 머큐쇼의 가슴을 향해서 말이지요.

머큐쇼도 흥분한 채로 날카로운 칼을 칼로 막아 세웠지요.

군인다운 모습으로 상대를 비웃으며

한 손으로는 차가운 죽음을

밀쳐 냈습니다. 또 다른 손으로는 티볼트를 공격했지요.

티볼트 또한 솜씨가 좋아서 반격했습니다.

그런데 로미오, 그가 소리쳤어요.

'그만해, 이제 떨어져!'라고 말이지요.

하지만 그의 말보다 더 빠르게

로미오의 날쌘 팔이 그들의 날카로운 칼끝을 쳐 내리며

그들 사이를 파고들었습니다. 하지만 로미오의 팔 밑으로

티볼트의 악한 칼날이 들어와 용감한 머큐쇼가

죽게 되었습니다. 그리고 티볼트가 도망갔고요.

그런데 잠시 후 다시 돌아와 로미오에게

칼끝을 들이밀었습니다.

로미오는 머큐쇼의 복수를 다짐했고

그렇게 둘의 칼은 서로 엉켜 버렸습니다.

제가 칼을 빼내 그들을 갈라놓기도 전에

티볼트가 살해당했습니다.

그가 쓰러지자 로미오는 몸을 돌려 달아났습니다.

이게 바로 진실입니다.

사실이 아니라면 저를 죽여도 좋습니다.

캐풀렛 부인 저자는 몬터규가의 친척입니다.

그의 편을 들려고 거짓을 말하고 있습니다.

사실이 아닙니다.

20명이나 되는 악한 자들이 이 못된 싸움에 연루됐고

그렇게 이 한 명을 죽음으로 내몰았습니다.

영주님께 간곡하게 청하겠습니다.

정의로운 판결을 내려 주세요.

로미오가 티볼트를 죽였습니다.

로미오를 살려 두면 안 됩니다.

영주 로미오는 티볼트를 죽였다. 그런데 티볼트는 머큐쇼를 죽였다.

그렇다면 머큐쇼의 죽음은 누구에게 물어야 하는 건가?

몬터규   로미오는 아닐 겁니다. 군주님,

그 아이는 머큐쇼의 친구였습니다.

제 아들의 죄는 법률에 맞게 심판받아야 마땅합니다.

그건 바로 티볼트를 죽인 것입니다.

영주   그러면 그 죄를 묻겠소.

나는 로미오를 즉시 이곳에서 추방하겠소.

당신들이 만든 분노로 싸움이 벌어졌고

내 친척은 그대 가문들의 흉악한 싸움에

휘말려 피를 흘리며 누워 있소.

나는 그대들에게 혹독하게 죄를 물을 것이고

친척을 죽게 만든 것을 후회하게 만들 것이고

그 어떤 사정도 변명도 듣지 않을 것이오.

눈물로 기도한다고 해도 이 죄는 씻어 내지 못할 것이오.

그러니 그 어떤 노력도 하지 말고,

로미오를 이곳에서 추방하시오.

혹시라도 그가 이곳에서 발각된다면,

그 순간이 그의 마지막 모습일 것이오.

이제 시신을 치우도록 하라. 나의 판결을 받아들여라.

살인자를 용서하는 것은 살인을 만드는 것이다.

(몇 사람이 시신을 들고 모두 퇴장)

2장

(줄리엣 혼자 등장)

줄리엣 불타는 말굽을 단 말들아, 어서 달려라.
태양신의 숙소를 향해 얼른 뛰어라.
태양신의 아들 파에톤 같은 마부라면, 채찍질해서
너를 서쪽으로 보내, 구름 낀 밤을 즉시 불러올 텐데.
어두운 커튼을 펼쳐서 사랑의 시간, 밤을 보내 다오.
호기심 많은 모든 사람의 눈이 가려져, 로미오가
아무에게도 발각되지 않고 들리지도 않은 채
내 품에 올 수 있도록.
연인들은 사랑의 의식을 어둠 안에서 치르지.
서로의 아름다움만으로도 서로를 볼 수 있으니까.
사랑이 눈먼 것이라면, 밤이 가장 잘 어울리지.
숭고하게 밝히는 밤, 점잖은 옷을 입은 부인이여.
어서 와서 알려 다오.

이기는 싸움에서 지는 법을 가르쳐 다오.

그것은 마치 검은 옷을 입고 와

처녀의 정절을 두고 벌이는 승부와도 같다.

내 뺨에서 요동치는 처녀의 혈색을 가려 다오.

너의 검은 외투로 덮어 다오. 수줍은 사랑이 대담해지고,

진정한 사랑이 얌전하다고 여겨질 수 있도록

밤이여, 오너라. 로미오, 오세요. 밤의 낮과 같은 이여, 어서.

그대는 까마귀 등에 막 내려앉은 눈보다 더 흴 것이다.

오거라. 친절한 밤이여, 오라.

사랑하는, 검은 눈썹의 밤이여, 오라.

내 로미오를 다오. 내게 주거라. 내가 죽는다면

그를 가져다 작은 별로 만들어 다오.

그렇게 되면 그가 밝히는 하늘이 너무나 멋져서

온 세상이 밤과 사랑에 빠지니,

태양을 우습게 볼지도 모른다.

아, 내가 사랑의 저택을 샀다고 한들

아직 소유하지도 못하고, 팔린 집인데도

그분은 아직 들어오지 않는구나.

이 하루가 너무나 지루하고

마치 축제의 전날 밤처럼

새 옷을 받아들고도 아직 입지를 못하니
조바심이 나 마치 아이와 같구나.

(유모가 줄사다리를 들고 등장)

줄리엣 아, 유모가 온다.

아마 소식을 들고 오겠지. 아마도 로미오 이름이 들어간.

그 이름만 들어가 있어도 하늘의 말처럼 들리겠지.

자, 유모. 어떻게 됐어요? 그 몸에 걸친

줄사다리는 로미오가 가져오라고 한 거예요?

유모 네, 네. 그렇습니다. (줄사다리를 내려놓는다.)

줄리엣 왜, 어떤 소식이지요? 왜 그렇게 손을 모으고 있는

거예요?

유모 오, 맙소사. 그가 죽었어요. 죽어 버렸어, 죽었다고요.

이젠 끝장이에요, 아가씨. 아가씨의 사랑이 끝나 버렸어요.

어떻게 이런 일이. 그가 사라졌어요. 살해당했어요. 죽었

다고요!

줄리엣 하늘은 어쩜 이토록 잔인할 수가 있지요?

유모 로미오가 그런 거예요.

하늘은 그런 일을 벌일 수 없어요. 아, 로미오, 로미오!

누가 상상이나 했겠어요? 로미오가 죽다니!

줄리엣   나를 이렇게 괴롭히는 유모는 대체 어떤 악마죠?

이렇게 소리 지르는 건 지옥에서나 해야 할 일이라고요.

로미오가 자살했나요? '네.'라고 대답하면

죽음에 이르게 하는 독뱀의 눈빛보다 더 치명적인

한마디가 될 거예요.

'네.'라는 대답이 나온다면, 난 나일 수 없어요.

아니면 유모에게 그 대답을 만들어 낸,

그 두 눈이 장님이겠지요.

그분이 죽었다면, '네.'라고 답하세요. 아니라면 '아니.'라고.

그 짧은 대답 하나로 내 행복과 불행이 결정된다고요.

유모   제가 두 눈으로 똑똑히 봤어요.

너무 끔찍한 시체의 모습, 그의 넓은 가슴, 그곳에.

피투성이의 처참한 모습으로,

창백하고 잿빛으로 남은, 피 흘린 시체를.

온통 피로 범벅이 된 그 시체,

전 그 시체를 보고 기절했어요.

줄리엣   오, 내 심장이여. 터질 것 같구나.

불쌍한 파산자여, 지금 당장 터져라!

눈이여, 지금 당장 감옥으로 들어가 아무것도 보지 말아라.

사악한 흙의 몸이여, 땅으로 돌아가서

이번 생에서의 움직임을 멈춰라.

로미오와 함께 관에 누울 것이니!

유모 아아, 티볼트, 티볼트. 그는 제 가장 친한 친구였어요.

오, 그토록 예의 바른 청년, 티볼트. 명예를 지킨 신사여.

내가 살아서 그의 죽음을 보다니!

줄리엣 어떤 폭풍우가 이렇게 모질게 방향을 바꾸는 건가?

로미오가 살해당하고 티볼트도 죽었다고요?

내 사랑하는 사촌과 그보다 더 사랑하는 내 남편이?

그렇다면 두려운 나팔이여, 세상의 최후를 알려라!

그 두 사람이 죽었다면, 대체 누가 살아 있단 말인가.

유모 티볼트는 죽었고 로미오는 추방당했어요.

티볼트를 죽인 로미오가 추방당한 거예요.

줄리엣 오, 맙소사! 로미오의 손으로 티볼트의 피가 넘쳤다
는 말인가요?

유모 그랬어요, 그랬어. 아, 이런 일이! 슬픈 날이에요!

줄리엣 그 온화한 얼굴에는 뱀의 심장이 숨겨져 있었구나!

어떤 용이 그토록 아름다운 동굴에 살고 있었던가?

아름다운 폭군이자, 천사 같은 악마구나!

비둘기 깃털을 한 까마귀면서 늑대 같은 어린 양이라니!

거룩한 겉모습과 다른 그 악한 속내라니!

오, 신이시여. 당신은 도대체 지옥에서

어떤 일을 하신 건가요.

그리 달콤한 육신의 천국에

원수의 영혼을 집어넣다니요?

악한 내용을 담은 책의 장정은

왜 그리 아름다운 모습인 건가. 아, 거짓이라는 게

그토록 아름다운 궁궐에 있었다니.

유모　모든 남자는 신의도 저버리고

믿음도 없애 버리는 작자들이지요.

하나같이 뻔한 거짓 맹세를 하고, 정직하지 못해요.

위선자들이지요.

아, 내 하인은 어디로 간 거지? 술 좀 가져다 다오.

이렇게 불행한 일이, 이런 슬픔이 저를 늙게 만드는군요.

로미오에게 치욕을!

줄리엣　그렇게 기도하는 유모의 혓바닥에

물집이 생기길! 그는 치욕을 당하기 위해

태어난 게 아니야.

그 이마에 치욕이 깃드는 걸 치욕스러워하지.

그 이마는 명예가 가득 찬 왕관을 쓰고

대지를 다스릴 옥좌니까.

아, 내가 남편을 욕하다니. 짐승 같았어!

유모 사촌 오빠를 죽인 작자예요. 칭찬할 건가요?

줄리엣 그러면 내가 내 남편을 욕해야 한다는 말인가요?

아아, 불쌍한 내 님이여,

그의 부인이 된 지 3시간이 지났어요.

내가 만신창이로 만든 그의 이름을 어떻게 회복시킬까요?

왜 못된 마음으로 내 사촌을 죽였나요?

그 나쁜 사촌이 내 남편을 죽이려 했을 거야.

돌아가라, 이 멍청한 눈물아.

네가 원래 있던 자리로 돌아가!

흐르는 이 물방울은 슬플 때나 흐르는 것인데

네가 착각해서 기쁜 일에 흐르고 있구나.

티볼트가 죽이려 했던 내 남편은 살아 있고

내 남편을 죽이려 했던 티볼트는 죽었다.

이건 내가 안심해야 할 일이다.

그런데 왜 눈물이 흐르는 거지?

하지만 티볼트의 죽음보다 더 슬픈 말이 있었다.

그 말 때문에 내가 죽겠구나. 아, 정말 잊고 싶은 심정이구나.

하지만 범죄가 범죄자의 마음을 누르고 있듯이

그 말이 내 기억을 짓누르는구나.

'티볼트는 죽었고 로미오는 추방당했다.'

'추방당했다.'는 그 말. '추방'이라는 단어가,

티볼트의 1만 번의 죽음처럼 나를 죽이는구나.

티볼트의 죽음

그것만으로도 슬픔은 충분해. 거기에서 멈춰도 된다고.

아니라면, 슬픔이 늘 동무를 원하기 때문에

짝을 찾아야 한다면,

'티볼트가 죽었어요.'라는 말을 유모가 내뱉었을 때

'아가씨 아버지, 아가씨 어머니, 아니, 두 분 모두

돌아가셨다.'는 말이 왜 뒤따라오지 않았던가?

그랬더라면 나는 적당한 슬픔만 가졌을 거야.

하지만 티볼트의 죽음 뒤에 따라온 말이 하필이면,

'로미오는 추방당했다.'라니. 이 말은

아버지와 어머니, 티볼트, 로미오, 줄리엣,

이 모든 사람을 죽이는 말이야. '로미오는 추방당했다.'

그 말의 죽음 속에는 끝도, 한계도, 정도도, 경계도 없이

그 어떤 말로도 슬픔을 말할 도리가 없구나.

유모, 아버지와 어머니는 어디에 계시지요?

유모   티볼트 시신 앞에서 울고 계시지요.

그리로 가시겠어요? 제가 모셔다 드릴게요.

줄리엣 두 분의 눈물이 티볼트의 상처를 씻기고 있군요.

내 눈물은 그들의 눈물이 마른 다음에,

로미오의 추방을 이유로 흘릴 거예요.

어서 줄사다리를 들어요. 불쌍한 사다리야, 너도 속았구나.

로미오가 추방당했으니, 우리는 속고 말았다.

그는 너를 이용해 내 침대로 오는 지름길을 만들었지만,

나는 처녀인 채 과부로 죽고 말겠구나.

가자, 끈들아. 유모, 어서 가요.

나는 내 신혼 방으로 갈게요.

그리고 로미오가 아닌, 죽음이 내 처녀성을 가질 거예요.

유모 어서 방으로 가세요. 제가 로미오를 찾아내서

아가씨를 위로하게 할게요. 어디 있을지 알고 있어요.

잘 들어요, 아가씨. 오늘 밤 로미오가 이리 올 거예요.

제가 가 볼게요. 그는 로렌스 신부님 방에 숨어 있어요.

줄리엣 오, 제발요. 그를 만나 주세요! 내 진실한 기사에게

이 반지를 전해 주세요.

그리고 이리 와서 마지막 인사를 나누자고 말해 주세요.

(퇴장)

3장

(로렌스 신부 등장)

로렌스 나와라, 로미오. 나와. 이토록 겁이 많은 사람아.

재앙이 자네라는 사람에게 반해 버렸군.

자네는 재앙과 결혼한 셈이라고.

(서재에서 로미오 등장)

로미오 신부님, 어떻게 되었지요?

영주께서는 어떤 선고를 내렸나요?

어떤 불행이 저에게 득달같이 달려드는데

정작 저는 아무것도 모르고 있네요.

로렌스 너무 친해서 문제지.

그렇게 못된 친구와 말이야.

영주의 선고라면 그 소식은 내가 가져왔다네.

로미오 영주의 선고는 사형이 아니라면 무엇이겠습니까.

로렌스 영주의 입에서는 조금 더 관대한 형이 나왔다네.

육체의 죽음이 아닌, 육체의 추방이라네.

로미오 아니, 추방이라니요! 차라리 자비를 베풀어

죽음이라고 해 주세요.

추방이라는 건 죽음보다 더 무서운 선고와 같아요.

그러니 추방이라고 말하지 말아 주세요.

로렌스 이제부터 자네는 베로나에서 추방된 몸이라네.

세상은 넓지 않은가. 참고 기다리게나.

로미오 베로나 성벽 밖에 있는 건

연옥(죽은 사람의 영혼이 천국에 들어가기 전에 남은 죄를 씻

기 위해 불로 단련받는 곳), 고문, 지옥과도 같아요.

저에게 추방이라는 건, 세상으로부터 추방당하는 것이고

세상으로부터 추방은 죽음과도 같아요. 그러니 추방은

죽음을 다르게 말한 것뿐입니다.

죽음을 추방이라고 말하면서

신부님은 제 머리를 금도끼로 내려치고

제가 죽어 가는 모습을 보고 미소 짓고 계시는 거랍니다.

로렌스 아, 죽을죄를 진 소리로다!

철도 없고 은혜도 모르는구나!

네 잘못 정도면, 이 도시에서는 당연히 사형이야.

하지만 영주께서 아량을 베풀어

너의 편을 들었다. 법을 뒤로 밀어 두고

죽음이라는 선고를 추방으로 바꿔 놓으셨어.

이것은 당연히 귀하신 자비인데, 너는 그걸 보지 않는구나.

로미오 이건 아량을 베푸신 게 아니라 고문입니다.

천국은 바로 줄리엣이 살고 있는 이곳입니다.

이곳의 모든 고양이와 개,

생쥐나 작은 미물들조차

천국에 살면서 그녀를 바라볼 수 있습니다. 하지만

저 로미오만은 예외입니다. 썩은 고기에 몰려드는 파리가

명예로 보나, 구애로 보나, 신세는 로미오보다 낫군요.

파리는 줄리엣의 순간을 볼 수가 있으니까요.

백옥같이 아름다운 손 위에 내려앉거나

그녀의 입술에서 영원한 축복을 훔칠 수도 있습니다.

윗입술과 아랫입술이 마주하고 있는 것조차

죄라고 생각하며 순수함과 정숙함으로

얼굴에 홍조를 띠고 있는 그 입술이요.

그러나 로미오는 그럴 수 없습니다. 추방되었으니까.

파리조차 그 일을 할 수 있지만

저는 이곳에서 멀어져야 합니다.

파리 떼는 자유롭지만 저는 추방당했습니다.

그런데도 추방이 죽음보다 낫다고요?

추방이라니요? 만들어 둔 독약이 없어서,

심장을 찌를 날카로운 검이 없어서,

비열하지 않게, 급작스럽게 죽일 방법이 전혀 없어서

추방으로 저를 죽이려 하십니까?

오, 신부님. 지옥에서 저주받은 자들은

그 말을 사용한다고 합니다.

울부짖음은 그 말을 따르고요! 그런데 매정하게도

영혼의 고해를 듣는 신부면서,

죄를 용서해 주시는 분이시면서,

저의 벗이라고 해 주시는 분께서 어떻게 추방이라는 말로

저를 갈기갈기 찢으려고 하십니까?

로렌스　이 어리석고 미친 사람아, 내 말을 듣게나.

로미오　아, 다시 추방당한 이야기를 꺼내려고요?

로렌스　내가 그 단어를 없앨 수 있는 무기를 주겠네.

시련을 이겨 낼 수 있는 철학과도 같지.

네 비록 추방되었지만 위안이 될 방법 말이다.

로미오　아, 또 그놈의 추방이란 말입니까?

무슨 얼어 죽을 철학입니까.

그 철학이 줄리엣을 만들어 내지 못한다면

이 도시 전체를 옮길 수 있다거나,

영주의 선고를 바꿀 수 없다면

저에겐 도움이 안 됩니다. 소용없는 말입니다.

더 이상 안 듣겠어요.

로렌스 오, 이래서 미친 사람에게는 듣는 귀가 없다는 말이

있는 거야.

로미오 어떻게 제게 귀가 있을 수가 있어요? 멀쩡한 자들에

게는 눈이 없는데요.

로렌스 내가 자네 상황을 논리적으로 설명해 주겠네.

로미오 제 심정이 되어 보지 않은 이상, 더 말하지 마세요.

신부님이 저처럼 젊고 줄리엣을 사랑하며,

한 시간 전에 결혼했고, 티볼트를 살해했으며,

사랑에 정신이 쏙 나가 버린 상태에서 추방까지 당했다면

그때 말하실 수 있겠지요.

만약 그렇게 된다면 머리를 뜯으며

바닥에 쓰러져 버릴 거예요.

지금의 저처럼요. (바닥에 쓰러진다.)

미처 파 놓지도 못한 무덤의 깊이를 잴 것입니다.

(노크 소리가 난다.)

로렌스 일어나 몸을 숨겨라. 누군가 문을 두드린다고.

로미오 싫습니다. 병들어 버린 마음에서 신음이 흘러나와
　　　　안개를 만들고,
　　　　그 안개가 제 몸을 숨겨 줄 수 있다면 모르겠지만요.

(다시 노크 소리가 난다.)

로렌스 들어 보라고. 이건 노크 소리야. 누구시지요? 로미
　　　　오, 일어나렴. 잠시만요! 잡히겠구나, 어서 일어나.

(더 크게 노크 소리가 난다.)

로렌스 내 서재로 가 있게나. 잠깐만요!
　　　　이건 너무 어리석은 짓이라고. 가게나, 가라고!
　　　　누가 이렇게 세게 노크하는 거지? 어디서 온 누구요?

유모 문을 열어 주시면 용건을 말해 드릴게요.

줄리엣 아가씨가 보냈습니다.

로렌스 그렇다면 어서 들어오시오.

(유모 등장)

유모   오, 거룩하신 신부님. 말해 주세요.

우리 아가씨의 남편은 어디에 있나요?

로미오, 어디에 있나요?

로렌스   저기 자기 눈물에 취해서 바닥에 누워 있소만.

유모   아, 저런. 우리 아가씨와 같은 모습이네요.

딱 저런 모습이랍니다. 슬퍼하는 게 같아요.

불쌍한 처지랍니다. 우리 아가씨도 저렇게 누워서

눈물만 흘리고 있답니다. 엉엉 소리 내면서요.

일어나요, 일어나. 사내라면 일어나요.

줄리엣을 위해, 아가씨를 위해, 그녀를 위해 일어나세요.

왜 그리도 깊은 절망으로 몸을 빠뜨리는 겁니까?

로미오   (일어나면서) 유모!

유모   네, 로미오. 죽으면 모든 게 끝이랍니다.

로미오   줄리엣 이야기를 하려는 거요?

줄리엣은 지금 어떤가요?

나를 끔찍한 살인범으로 생각하는 건 아닌가요?

그녀의 절친한 사촌의 피가 흘러서

아직 채 피어나지 않은 우리의 기쁨에 물들었으니,

그녀는 어디에서 어떻게 하고 있나요? 뭐라던가요?

내 아내는 우리의 사랑을 뭐라던가요?

유모 아, 아가씨는 아무 말도 안 했어요, 로미오.

그냥 울고만 있어요.

침대에 쓰러져 울다가 다시 몸을 세우고는

'티볼트.'라고 이름을 부르다가

로미오, 당신 이름을 부르며 울고 있어요.

그러다가 다시 침대에 쓰러지셨고요.

로미오 마치 그 이름이

대포에 장전되어 쏘아 올려진 것처럼

그녀를 죽이고 말았다는 것이군.

그 이름의 저주받은 내 손이

그녀의 친척을 죽여 버렸듯. 신부님, 말해 주세요.

제 이 몸 어느 사악한 곳에

제 이름이 살고 있는 건가요? 알려 주세요.

제가 처리할 수 있도록 말이에요.

(로미오가 자신을 향해 칼을 들자, 유모가 그 칼을 빼앗는다.)

로렌스 절박한 손을 멈추어라.

정녕 내가 알던 사내 로미오가 맞느냐?

겉보기엔 그대로지만

눈물을 흘려 대는 건 여자와 같고, 사납게 날뛰는 건
이성이 없는 짐승과 같구나.
겉으로 보기에는 멀쩡한 사내의 모습이지만,
속은 여자 같고
그 속은 더욱 사나운 짐승의 꼴이야!
자네는 오늘 나를 놀라게 했다네.
내 신성한 교단을 두고 맹세하는데,
이렇게 엉망인 줄은 몰랐구나.
넌 티볼트를 죽였다. 그런 네가 너 자신까지 죽이겠다
말하다니.
그 말은 너를 자신의 생명이라 여기는
그 아가씨도 죽이겠다는 말이냐?
자신에게 온 저주를 스스로에게 저지르면서?
왜 그렇게 네 출생과 하늘, 대지를 탓하는 것이냐.
귀한 가문과 하늘의 영혼, 대기의 육체가 만나
바로 네가 나왔거늘, 그 모든 것을 버리겠다는 것이냐?
에라, 못난 놈이로다. 네 육체, 사랑, 지혜를
그저 모으기만 했지, 제대로 써먹지도 않고 있어.
네 외모도 그저 밀랍과도 같구나.
사내다운 용기도 내버리고 있어.

네가 맹세한 사랑은 속이 텅 빈 가짜와도 같지.
소중하게 여기겠다는 그 사랑의 맹세를
전부 죽이고 있다네.
외모와 사랑을 꾸미던 네 지혜는
그 모든 걸 볼품없게 만드는 장식품처럼 보이는군.
아직 전쟁을 모르는 병사가 든 화약통에 든 화약이야.
결국 스스로 다루지도 못하고 그 자리에서 폭발하고 마는,
네가 스스로를 터뜨리는 꼴이라고.
왜 이러나. 이제는 사내답게 용기를 가져야 해.
줄리엣이 있다네.
넌 그녀를 위해서라면 죽겠다고 난동을 부리지 않았나.
그것만으로도 너는 행복한 거라네.
티볼트가 널 죽이려고 다가왔지만,
결국 네가 티볼트를 죽였지. 그것만으로도 행복한 거야.
죽음으로 결론 날 판결이 네 편이 되어 주었지.
그래서 사형이 아니라 추방으로 끝난 거야.
그것만으로도 행복이라고.
모든 축복이 네 등에 업혀 있는데,
행복이라는 놈이 계속해서 새 옷을 걸치고
네 곁을 지키고 있거늘,

너는 마치 심사가 꼬인 버르장머리 없는 여자애처럼
네 사랑과 행운에 찬물을 끼얹고 있어.
조심하게, 조심하라고. 그런 사람은 늘
비참한 최후를 맞이하거든.
자, 약속한 대로 네 부인에게 가서
그녀의 방에 올라가서 어서 그녀를 위로해 주어라.
하지만 야경꾼이 머물 때까지 머물러서는 안 돼.
그러면 만토바로 갈 수 없을 거야.
너는 그곳에서 살게 될 거라네.
우리가 네 결혼을 알릴 것이고, 가족들을 화해시킬 거야.
그다음 영주에게 용서를 구하고 다시 널 부를 거야.
네가 이곳에서 떠나는 슬픔보다
20만 배나 더 큰 기쁨으로 네가 돌아올 수 있도록.
유모, 먼저 가도록 해요. 아가씨에게 안부를 전해요.
그리고 집안사람들이 빠르게 잠들 수 있게 하세요.
아마 슬픔이 그렇게 만들 겁니다.
그러면 곧 로미오가 갈 겁니다.

유모 오, 주님. 이런 훌륭한 말씀이라면
밤새도록 이곳에서 듣게 될 것 같아요.
이게 학문이겠지요!

도련님, 우리 아가씨에게 곧 오신다고 말할게요.

로미오　그러세요. 아가씨에게 나를 꾸짖으라고 일러 주
　　　세요.

(유모가 나가려다가 다시 돌아선다.)

유모　아가씨가 전하라고 한 반지랍니다. 여기요.
　　　자, 빨리 서두르세요. 시간이 많이 늦었어요.

(유모 퇴장)

로미오　이 반지를 보니 마음이 괜찮아지네요.

로렌스　어서 가, 잘 가게나.
　　　경비가 자리를 지키기 전에 떠나야 해.
　　　날이 밝으면 변장하고 여길 빠져나가면 돼.
　　　만토바에 머무르게나. 내가 심부름꾼을 하나 찾겠네.
　　　여기에서 일어나는 모든 일을
　　　그때그때 전해 주겠네.
　　　자, 손을 한번 잡아 보자. 늦었구나. 잘 자라.
　　　좋은 밤 보내거라.

로미오 슬픈 일입니다. 깊은 기쁨이 나를 찾지만 않았다면,

이렇게 다급하게 신부님과 헤어지지 않았을 겁니다.

안녕히 계세요.

(각자 따로 퇴장)

4장

(캐퓰렛과 캐퓰렛 부인, 패리스 백작 등장)

캐퓰렛 백작, 너무 갑작스레 불행한 일이 닥쳐

우리 딸아이의 마음을 살펴볼 시간이 없었소.

아시다시피, 사촌 티볼트를 끔찍하게 생각했소.

뭐, 나도 그랬지. 하지만 사람은 태어나

한 번은 죽기 마련이지요.

시간이 너무 늦었소. 오늘 딸아이는 내려오지 않을 거요.

솔직히 오늘 백작이 오지 않았다면,

나도 한 시간 전에 자리에 누웠을 거요.

패리스 이런 슬픔의 시간은 청혼을 허락하지 않는 법이지요.

부인, 안녕히 주무세요. 따님에게 안부를 전해 주세요.

캐풀렛 부인 그러겠습니다. 내일은 아이에게 마음을 물어볼

게요.

오늘은 그 애가 슬픔에 잠겨 있답니다.

(패리스 백작이 나가려고 하자, 캐풀렛이 다시 부른다.)

캐풀렛 패리스 백작, 내 감히 약속하겠소.

내 딸의 사랑을 말이오. 아마 그 아이는

무슨 일이 있더라도 내 말을 따를 겁니다.

아니, 그 이상이지요. 분명합니다.

부인, 잠자리에 들기 전에 그 아이에게 가 봐요.

그리고 우리 사위 패리스 백작의 사랑을 알려 주세요.

그 아이에게.

내 말 듣고 있소? 오는 수요일에는

가만, 오늘이 무슨 요일이더라?

패리스 월요일입니다.

캐풀렛 월요일! 하하, 그래! 수요일은 너무 이르군.

목요일로 해요. 그 아이에게 말하시오.

목요일에 이 훌륭한 백작과 결혼하게 될 거라고.

준비는 되겠소? 이렇게 서둘러도 괜찮겠지요?

그리 야단법석 부리지 말고,

티볼트가 살해된 지 얼마 되지 않았으니,

잔치를 크게 벌이면 친척을 너무 잊었다고

무정하게 여길지도 모르니까.

그러면 친구 대여섯 명을 부르고

딱 그 정도로 끝내도록 하지요.

백작은 목요일이 어떻소?

패리스 저는 내일이 목요일이면 좋겠습니다.

캐퓰렛 자, 이제 가 보시오. 그러면 목요일로 정한 겁니다.

부인은 자기 전에 줄리엣에게 가 봐요.

줄리엣한테 알려 줘야지요. 결혼식을 말이오.

잘 가시오, 백작. 내 방으로 가는 불을 밝혀라.

이런, 밤이 너무 깊어서

조금만 있으면 아침이라 해야겠소.

그럼, 이만.

(서로 다른 방향으로 퇴장)

5장

(로미오와 줄리엣이 줄사다리를 들고 창문에 나타난다.)

줄리엣   가신다구요? 아직 날이 밝지 않았어요.

두려움이 가득 찬 당신의 귀를 울린 저 소리는

종달새가 아니라 나이팅게일이었어요.

매일 밤마다 저 석류나무 위에서 지저귄답니다.

저를 믿어 주세요, 내 사랑. 나이팅게일이에요.

로미오   아니, 그건 아침을 알리는 종달새였어요.

나이팅게일이 아니라고요. 봐요, 내 사랑.

저기 동쪽을 봐요. 앙심을 품은 빛줄기가 구름 사이로

나오고 있어요.

밤의 촛불은 다 꺼져 버렸어요. 경쾌한 아침이

안개 낀 산꼭대기에서 발을 세우고 기다리고 있어요.

저는 이곳을 떠나서 살거나, 머무르다 죽어야 합니다.

줄리엣   저 빛은 여명이 아니에요. 저는 알아요.

저 빛은 오늘 밤 선구자가 되어 당신이

만토바로 가는 그 길을 비춰 줄 거예요.

태양이 뿜어내는 어떤 유성이랍니다.

그러니 지금 떠나지 마세요. 가지 마세요.

로미오　저는 잡혀서 죽임을 당해도 좋아요.

당신이 그러자고 하면, 전 모든 게 괜찮아요.

저 멀리 흐릿하게 떠 있는 게 아침의 눈이 아니라

달의 여신의 이마가

창백하게 빛나고 있는 거라고 말할게요.

이 소리, 우리 머리 위에서

하늘의 대기를 가르는 이 소리도

아니라고 할게요.

저도 그래요. 떠나기보다는 머무르고 싶어요.

오거라, 죽음이여. 내 기꺼이 맞이하겠나니.

줄리엣이 원한다면,

그렇게 내 사랑, 이야기해요. 아침이 아니에요.

줄리엣　아닙니다. 이건 아침이에요. 어서 가세요.

떠나실 때예요.

종달새가 맞아요. 박자도 엉망이고

어쩌자고 저렇게 악을 쓰는지, 불협화음 같네요.

종달새의 지저귐이 아름답고 달콤하다는

이야기를 들은 적이 있어요.

하지만 이 새는 아니에요. 우리를 갈라놓고 있어요.

종달새의 눈과 두꺼비의 눈이

뒤바뀌었다는 소리를 들었어요.

아, 그 둘이 목소리도 바뀌었다면.

종달새 소리가 우리를 서로의 품에서 떨어지게 만드네요.

사냥꾼을 깨우는 소리처럼 당신을 내쫓고 마네요.

아, 이제는 가세요! 점점 더 날이 밝아지고 있어요.

로미오 날이 밝아질수록 우리의 슬픔은 더 어두워지는군요.

(유모가 다급하게 들어온다.)

유모 아가씨!

줄리엣 네, 유모.

유모 아가씨! 지금 마님이 아가씨 방으로 오고 있어요.

날이 밝았답니다. 조심하세요.

주위를 살피시라고요. (퇴장)

줄리엣 그렇다면 창문아, 낮을 받아들이고 생명을 내보내렴.

로미오 안녕, 안녕! 입맞춤을 한 번 더 하겠어요.

이만 가겠어요.

(로미오가 줄사다리를 내리고 내려간다.)

줄리엣   그렇게 가시는 건가요? 내 사랑, 나의 주인, 나의 남편.

매일 매 시간마다 당신의 소식을 전해 주세요.

저는 1분조차 며칠처럼 여겨진답니다.

오, 그렇게 헤아리다 보면 나는

로미오를 다시 만나기 전에 몹시도 늙겠구나.

로미오   잘 있어요.

기회가 생길 때마다 항상, 늘

다정한 인사로 사랑을 전할게요.

줄리엣   오, 우리가 다시 만날 수는 있을까요?

로미오   전 믿어요. 틀림없다고요. 그때 이 깊은 슬픔이

달콤한 추억으로 떠오르고 말 거예요.

줄리엣   아, 하느님. 저는 너무 불길한 예감이 들어요.

그 아래 내려가 있는 당신을 보니,

마치 무덤 바닥에 죽어 있는 사람처럼 보여요.

제 눈이 잘못된 걸까요? 당신은 왜 그리도 창백한가요.

로미오   하지만 내 사랑, 당신도 그렇게 보이는군.

갈증 난 슬픔이 우리의 피를 마시는 거겠지. 안녕, 안녕.

(퇴장)

줄리엣   아, 운명, 운명이여. 사람들은

모두 변덕이 심하다고 하지.

만약 운명이 변덕스럽다고 해도

그분과는 무슨 상관인가? 운명이여, 더 변덕을 부리렴.

그래야 나에게 희망이 생길 것이니.

네가 다시 그를 오래 붙잡지 않고 바로 돌려보낼 테니.

(아래에서 캐풀렛 부인 등장)

캐풀렛 부인 아, 내 딸이지? 그 위에 있는 게 줄리엣이니?

줄리엣 누가 날 부르는 거지? 아, 어머니군.

이렇게 늦게까지 잠자리에 안 드신 걸까,

아니면 일찍 일어나신 걸까?

무슨 일로 여기까지 오신 거지?

(줄리엣이 아래로 내려가 어머니와 만난다.)

캐풀렛 부인 줄리엣, 몸은 좀 어떠니?

줄리엣 어머니, 몸이 별로예요.

캐풀렛 부인 아직도 사촌의 죽음이 슬픈 거니?

아니, 너의 눈물로 그의 무덤을 파낼 작정이라니?

만약 그런 일이 생긴다고 해도, 그는 살아나지 않아.

그러니 그만해 다오.

적당한 슬픔은 그에 대한 마음을 보여 주겠지만,

과한 슬픔은 조금 멍청해 보일 수 있는 법이란다.

줄리엣 하지만 이렇게 뼈저린 상실은 겪은 적이 없어요. 울게 두세요.

캐풀렛 부인 너는 그렇게 생각하겠지만, 죽은 사람은 그걸 알 수 없단다.

줄리엣 제가 이렇게 사무치게 슬픈 건

그를 위해 우는 일밖에 할 수 없다는 것입니다.

캐풀렛 부인 아, 얘야. 너는 그의 죽음보다

그를 죽인 악당이 살아 있기 때문에 더 슬픈 게로구나.

줄리엣 악당이라뇨? 누구를 말하는 거지요?

캐풀렛 부인 누구라니. 바로 로미오라는 그 악당 말이다.

줄리엣 (방백) 악당과 그는 하늘과 땅 차이인데.

(어머니에게) 하느님이 그분을 용서하길.

저는 그 사람을 용서해요.

하지만 그 사람만큼

제 가슴을 아프게 하는 사람은 없답니다.

캐풀렛 부인 그를 죽인 악당이 살아 있어서 더 슬픈 게로구나.

줄리엣 그래요, 어머니. 제 손이 닿지 않는 곳에서 제 사촌의 죽음을 복수할 수 있다면 좋겠어요.

캐퓰렛 부인　그 복수는 전혀 염려하지 않아도 된단다.

　　　그러니 더 이상 이렇게 울지 않아도 돼.

　　　그 추방당한 자가 사는

　　　만토바로 사람을 보낼 거야. 아주 특별한 독약과 함께.

　　　그 녀석이 곧 티볼트의 뒤를 따라가도록 만들 것이다.

　　　그러면 너도 만족하겠지.

줄리엣　저는 절대 만족하지 않을 거예요.

　　　제가 그를 볼 때까진 그 죽음을 멈추세요.

　　　제 가엾은 마음이 정말 혼란스럽답니다.

　　　어머니, 어머니께서 그 독약을 가져갈 사람을 구하면

　　　제가 그 약을 섞도록 할게요.

　　　로미오가 그 약을 마시고 곧바로

　　　깊은 잠에 빠질 수 있도록. 아, 제 마음이 그의 이름을

　　　들으면서도 그 사람에게 가서

　　　사촌을 향했던 제 진정한 사랑의 마음을

　　　그에게 복수할 수 없다는 게 참 원통하네요!

캐퓰렛 부인　그럼 네가 복수할 방법을 찾아라.

　　　나는 사람을 찾도록 할 테니.

　　　그렇지만 딸아, 이제 너에게 온 기쁜 소식을 들어라.

줄리엣 이렇게 슬픔에 빠진 시기에 기쁜 소식이라니 좋네요.

어서 말해 주세요. 어떤 소식이지요, 어머니?

캐풀렛 부인 그래, 너에게는 참 자상한 아버지가 계시지.

그이가 슬픔에 빠진 너를 구하려고

갑작스럽게 기쁜 날을 잡았단다.

전혀 생각하지도, 기대하지도 않았던 일이란다.

줄리엣 때마침 잘됐군요. 무슨 날이지요?

캐풀렛 부인 글쎄, 줄리엣. 돌아오는 목요일 이른 아침에

너도 아는 그 멋지고 젊은, 명예로운 신사

패리스 백작이 성 베드로 교회에서

너를 행복한 신부로 맞이할 거라고 하는구나.

줄리엣 아, 어머니. 제가 성 베드로 교회와 베드로를 두고

맹세할게요.

그는 절대 저를 그곳에서 행복한 신부로 삼지 못할 거예요!

왜 이렇게 서두르시는 거지요?

제 신랑이 될 그 사람이 저에게 와서

청혼도 하지 않았어요. 그런데 결혼이라니요.

제발 부탁드릴게요. 아버지께 말해 주세요.

아직은 결혼하고 싶지 않아요. 제가 결혼한다면

맹세컨대, 그건 바로 로미오와 할 거랍니다.

제가 정말 미워한다는 걸

어머니도 잘 아시는 그 로미오요.

패리스 백작과 할 바에는 그럴 거예요.

이런 말도 안 되는 소식이라니!

캐풀렛 부인 저기 아버지가 오시는구나. 직접 이야기해 보렴.

아버지가 뭐라고 하시는지 들어 보자.

(캐풀렛과 유모 등장)

캐풀렛 해가 지고 나면, 대기에 이슬이 생기는 법.

하지만 내 동생의 아들이 지고 나니,

비가 쏟아지는구나.

좀 어떠니? 이런 분수대 같은 아가씨야.

아직도 울고 있느냐?

어찌 그 작은 몸에서 그토록 많은 눈물이 솟아나는 것이냐.

그 몸은 배 한 척과 바다, 바람까지 흉내를 내는구나.

네 두 눈은 정말 바다처럼 여전히

눈물로 밀물과 썰물을 따라 하고 있고,

네 몸은 짠 소금 바다를 항해하는 선박과 같구나.

너의 그 한숨은, 바람이다.

그 바람은 눈물과 함께 폭풍을 만들어

네 여린 몸을 덮쳐 버렸구나. 어떻게 되었소, 부인?

우리의 결정을 아이에게 전달했소?

캐퓰렛 부인 네, 그렇지만 싫다더군요.

감사하지만 사양하겠대요.

저 아이가 그냥 무덤이랑 결혼하게 되면 좋겠네요!

캐퓰렛 잠깐, 그게 무슨 소리지? 차근차근 설명하시오, 부인.

그러니까, 싫다는 말이오? 고맙지도 않다고?

자랑스럽지도 않고? 축복이 아니라는 것이오?

보잘것없는 저에게 그렇게 훌륭한 신랑감을

애쓰고 구해 줬는데도?

줄리엣 자랑스럽지는 않지만, 감사는 합니다.

제가 싫어하는 일을 자랑스러워할 수는 없으니까요.

저에 대한 사랑의 마음은, 싫지만 감사드리지요.

캐퓰렛 뭐? 이런, 이 무슨 궤변이더냐? 이건 어떤 의미야?

'자랑스럽다.', '감사합니다.', 그렇지만 '감사하지 않는다.',

그렇지만 또 '자랑스럽지 않다.'라니? 이 버릇없는 것!

감사할 것도 없고, 자랑스러워할 것도 없다.

하지만 돌아오는 목요일에 패리스 백작과 함께

성 베드로 교회에 갈 테니, 준비는 단단히 하거라.

그렇게 하지 않으면, 내가 너를 형틀 위에 올려

질질 끌고 갈 거니까.

이 창백한 시체 같은 것! 꺼져! 몹쓸 것아.

밀랍처럼 굳은 얼굴이라니!

캐퓰렛 부인 아니, 이런. 당신 지금 미쳤나요?

줄리엣 (무릎을 꿇고) 인자하신 아버지, 제가 이렇게 빌게요.

잠깐 진정하시고 제 말을 들어주세요.

캐퓰렛 이런 불효막심한 계집애야, 목이나 매거라!

내가 분명히 말하는데, 목요일에 교회에 가지 않는다면

다시는 내 얼굴을 볼 수 없을 줄 알아!

대답은 하지 않아도 된다. 응답하지도 말거라.

손가락이 근질거리는군.

여보, 우리는 참 복이 없다고 했지.

고작 딸 하나만 주셨다고 말이야.

하지만 이제 생각해 보니, 한 명도 너무 과하네.

이 아이는 우리에게 저주나 다름없었어.

이 아이를 당장 치워! 건방진 계집이라고!

유모 하늘에 계신 하느님, 아가씨를 축복하소서.

주인님, 이렇게 아가씨를 나무라는 건 잘못하시는 거예요.

캐퓰렛 오호라, 당신도 한패지? 입 닫으시게나.

현명하신 아주머니께서는 수다쟁이랑 수다나 떨라고!

유모　제가 틀린 말을 한 건가요?

캐퓰렛　오, 제발 닥치라는 말이야!

유모　사람이 말도 못 하나요?

캐퓰렛　닥치라고 했잖아! 그따위 수다를 떨 거라면

　　　밖에 나가 술이랑 함께 떠들라고!

　　　지금 이곳에서는 필요 없으니까.

캐퓰렛 부인　지금 당신 너무 흥분했어요.

캐퓰렛　보이지 않나? 이것들이 나를 미치게 만들고 있다고.

　　　나는 밤이나 낮이나,

　　　일할 때나 쉴 때나, 혼자 있을 때나 여럿이 있을 때나

　　　언제나 저 애 결혼만을 염두에 두고 있었다고.

　　　이제야 겨우 귀족 가문의 신사를 얻게 되었어.

　　　재산도 상당하고 젊고, 집안도 얼마나 명예롭다고.

　　　그런 사내를 구해 왔는데 그저 하기 싫다고 우는 계집아이,

　　　인형 같은 계집애가 한다는 말이

　　　'난 결혼하기 싫어요. 사랑할 수 없어요.'

　　　'저는 너무 어려요. 용서해 주세요.'라니.

　　　그래, 결혼하지 않겠다면 용서해 주겠다!

　　　하지만 내 집에서는 같이 살 수 없을 거야!

네 마음대로 어디든 떠나서

빌어먹고 살라고. 잘 알아 둬. 농담이 아니란다.

목요일은 바로 코앞이야. 가슴에 손을 올리고

감정을 확인해 보아라.

네가 나의 딸이라면, 나는 널 내 친구에게 주겠어.

하지만 그게 아니라면, 목을 매든 구걸하든 굶어 죽든,

난 모른다.

내 영혼을 걸고 맹세컨대, 나는 너를

딸로 인정하지 않을 거야.

당연히 내 재산 상속을 너에게 약속하지 않을 거란다.

진심이다. 잘 생각하렴. 나는 절대 말을 바꾸지 않을 거야.

(캐풀렛 퇴장)

줄리엣 아, 내 슬픔에는 자비도 없구나.

이 슬픔의 밑바닥을 알아주는 사람은

아무도 없는 것인가?

아, 상냥하신 어머니. 저를 내보내지 말아 주세요!

그저 이 결혼을, 한 달만 아니 일주일만 미뤄 주세요.

그렇게 해 주시지 않는다면, 티볼트가 누워 있는

그 무덤 속에 제 신혼 방을 만들어 주세요.

캐퓰렛 부인 내게 말해 봤자 소용없단다.

난 한마디도 할 수 없구나.

이제 할 말은 다 끝났으니, 네 뜻대로 하렴.

(캐퓰렛 부인 퇴장)

줄리엣 아, 하느님. 아, 유모. 이 결혼을 어떻게 막을 수 있나요?

내 남편은 이 지상에 있고 내 결혼 서약은

저 하늘에 있거늘,

남편이 이 지상을 떠나 하늘에서

그 서약서를 다시 돌려주지 않는 한

그 서약서가 땅으로 돌아오겠어?

날 위로해 줘. 그 어떤 충고라도 좋아요.

아, 이렇게 유약한 나에게

하늘이 저주를 내리고 있어요!

유모, 유모가 나에게 해 줄 말은 뭔가요? 좋은 소식은요?

어떤 위로의 말이라도 좋아요, 유모.

유모 그렇다면 사실을 말할게요.

로미오는 추방당했어요. 그가 갑자기 돌아와

아가씨를 마주할 가능성은 거의 없다고 봐야 해요.

혹시라도 만나러 온다면, 그는 몰래 올 거예요.

저는 일이 이렇게 엉켜 버린 이상,

아가씨가 그 백작과 결혼하는 게

제일 좋은 방법이라고 생각해요.

아, 그는 멋진 신사예요!

아가씨, 독수리도 두 눈이 그렇게 짙고,

날쌜 수 없고, 아름다울 수 없어요.

로미오는 패리스 백작에 비교하면,

접시 닦을 때 쓰는 행주나 다름없어요.

벌 받을 소리겠지만,

이번 두 번째 결혼이 행운이라고 봐요!

첫 번째 결혼보다 훨씬 좋아 보여요.

혹시라도 그렇지 않다고 여긴다면,

첫 번째 남편은 이 세상에서 숨 쉬고 있다고 해도

당신에게 와 닿을 수 없는 죽은 목숨과도 같아요.

줄리엣　정말 진심으로 하는 말이에요?

유모　제 영혼이 하는 말이기도 해요. 아니면 둘 다 저주를
　　　받을 거예요.

줄리엣　아멘.

유모 뭐라고요?

줄리엣 아, 유모의 말은 나에게 엄청난 위로가 되었어요.

들어가서 어머니에게 말해 주세요.

내가 밖으로 나갔다고요.

아버지를 화나게 만들었으니,

로렌스 신부가 있는 곳으로 가서

고해 성사를 하고 용서받으러 갔다고요.

유모 그럼요, 그럴게요. 정말 잘 생각하셨어요. (퇴장)

줄리엣 (유모가 나간 곳을 쳐다본다.)

망할 놈의 할망구 같으니라고! 사악한 악마!

나에게 맹세를 깨 버리라고 말하다니,

그 큰 죄를 부추기다니.

누구와 비교할 수 없는 사내라고 칭찬하고

수천 번 좋은 사람이라고 하던 그 혓바닥으로

내 사랑을 욕하다니

그것이 더 큰 죄가 아니라면, 무엇이란 말인가.

이제 더 이상 유모에게 조언을 받지 않겠어.

절대 유모에게 내 마음을 열지 않겠어.

신부님에게 갈 거야. 그에게서 해결책을 찾겠어.

달리 방법이 없다 하더라도,

나에게는 죽을힘이 남아 있으니까.

(줄리엣 퇴장)

Romeo and
Juliet

1장

(로렌스 신부와 패리스 백작 등장)

로렌스 목요일이라니요? 시간이 너무 없잖소.

패리스 제 뜻이 아닙니다. 바로 캐풀렛 장인의 뜻입니다.

제가 그분의 다급함을 멈춰 세울 이유가 없지요.

로렌스 아직 아가씨의 의사도 묻지 않았다면서요.

일의 진행이 조금 내키지 않는군요. 마음에 들지 않아요.

패리스 티볼트의 죽음으로

그녀는 지금 슬픔에 빠져 있습니다.

결혼 이야기를 할 수 있는 상황이 안 되었어요.

비너스는 사람이 죽은 집에서 미소를 짓지 않는 법이지요.

신부님, 장인어른은 아가씨가 그토록 슬픔에

매달려서 휘둘리는 게 해롭다고 보십니다.

그래서 이런 방안을 내놓은 거고요.

우리의 결혼을 빨리 해치워서

그녀의 눈물을 가두려고 하는 거지요. 눈물이라는 건,

혼자 있을 때 넘치는 법이지만 누군가 곁에 있다면

그대로 사라질 수도 있잖아요.

이제 왜 그리 결혼을 서두르는지 알겠지요.

로렌스 (방백) 왜 늦춰야 하는지를 몰랐으면 좋으련만.

(줄리엣 등장)

로렌스 아, 저기 아가씨가 오고 있네요.

패리스 아, 잘 만났소. 나의 여인이자 아내.

줄리엣 백작님, 제가 아내가 되고 난 다음에 그렇게 말씀하
시지요.

패리스 내 사랑이여, 그 일은 돌아오는 목요일에 반드시 올
거예요.

줄리엣 일어날 일이라면 그렇게 되겠지요.

로렌스 그게 맞는 말이지요.

패리스 신부님께 고해 성사를 하러 온 건가요?

줄리엣 그 질문에 답하려면, 먼저 백작님께 고백해야겠네요.

패리스 나에 대한 당신의 사랑을 신부님께 고백하려는 건가?

줄리엣 만약 그렇게 된다면, 백작님 얼굴을 보고 하는 것보다
안 계신 곳에서 하는 게 더 좋을 것 같군요.

패리스 오, 가엾은 아가씨. 얼굴이 많이 상했군요.

줄리엣 그래 봤자, 별 볼 일 없던 얼굴이었으니

눈물이 거둔 승리는 아니지요.

패리스 그 말은 눈물보다 더 많은 해악을 얼굴에 저지르는
거라오.

줄리엣 사실을 말할 뿐, 해악은 아니지요.

지금 한 말은 제 얼굴에 대고 한 말이니까요.

패리스 당신 얼굴은 곧 내 것인데, 왜 그 얼굴에 욕하시오.

줄리엣 그럴 수도 있겠지요. 그건 제 얼굴이 아니니까.

지금 시간이 있나요, 신부님?

아니면 저녁 미사 때 다시 찾아올까요?

로렌스 슬픔에 빠진 자매여, 지금 시간 괜찮아요.

백작님, 자리를 좀 피해 주시겠소?

패리스 제가 기도를 방해할 수 없지요.

줄리엣! 목요일 오전 일찍 당신에게 가겠소.

(줄리엣에게 입을 맞춘다.) 그때까지, 안녕.

이 신성한 입술을 기억하시오.

(패리스 백작 퇴장)

줄리엣 아, 문을 닫아 주시겠어요?

그다음 저와 함께 눈물을 흘려 주세요. 희망과 해결책은

사라졌고 도움조차 없어요!

로렌스 아아, 줄리엣. 나는 너의 슬픔을 알고 있다.

이건 정말 나로서도 해결할 수 없는 일이구나.

돌아오는 목요일에 네가 패리스 백작과 결혼하게 되고

그 어떤 일로도 그걸 막을 수 없다고 들었다.

줄리엣 신부님, 그 일을 해결할 방법이 없다면

소식을 들었다고 하지 말아 주세요.

신부님의 지혜로도 해결할 수 없는 일이라면,

그저 제 결심이 틀리지 않았다고 해 주세요.

(칼을 뽑아 든다.)

저는 이 칼의 도움을 받으려고 해요.

하느님께서 로미오와 제 마음을 맺어 주셨고

신부님은 우리의 손을 잡아 주셨어요.

그러니 이 손, 신부님의 손으로 맹세한 이 손이

다른 문서에 봉인되기 전에

혹은 제 마음이 반란을 만들어 배신하게 돼

다른 사람을 향하기 전에,

이 칼이 그 모든 것을 끝낼 거예요.

그러니 신부님. 오래 살아 온 당신만의 경험으로

좋은 충고를 해 주시길 바랄게요. 안 그러면, 이것 보세요.

제 절박한 상황과 제 몸 사이에서 이 날카로운 칼이

심판 노릇을 할 거예요. 신부님의 연륜과 지혜로도

그 어떤 현명한 방법을 가져올 수 없다면,

이 칼이 그 일을 해낼 거예요.

시간을 끌지 말아 주세요. 신부님 말씀에서 어떤 희망도

보이지 않는다면, 제가 원하는 건 그저 죽는 거랍니다.

로렌스 잠깐만, 칼을 거두어라. 나는 희망이 보이는구나.

위험하고 절박하게 실행해야 하지만

절망적인 일을 막을 수도 있겠구나.

패리스 백작과 결혼하느니,

차라리 죽어 버리고 말겠다는 강한 의지가 있다면,

그 죽음을 닮은 일을 해냄으로써

치욕을 피할 수도 있겠구나.

그걸 피하기 위해서는 죽음과도 대결해야 한단다.

만약 너에게 그런 용기가 있다면, 해결책을 주겠다.

줄리엣 오, 패리스 백작과 결혼하느니 차라리

어떤 탑에서든 뛰어내리겠어요.

도둑이 들끓는 마을에서 걸으라고 해도 걷겠고,

뱀 소굴에 숨어 있으라 하셔도 그렇게 할게요.

괴성을 지르는 곰과 함께 있으라고 해도,

밤새 납골당에 저를 숨긴다고 하셔서

덜그럭대는 시체의 뼈들과

악취 나는 축축한 정강이뼈에 덮인다 해도.

아니면, 새로 판 무덤 속으로 들어가서

죽은 사람의 곁에 누워 있으라고 하셔도 그렇게 할게요.

전에는 이런 이야기를 듣기만 해도 온몸이 떨렸지만

지금은 그 어떤 두려움이나 공포도 없습니다.

그저 제 상냥한 사람에게 깨끗한 아내가 되고 싶어요.

로렌스 자, 그럼 이제 집으로 돌아가렴. 밝은 표정을 짓고,

패리스 백작과 결혼하겠다고 말하거라. 내일은 수요일이다.

내일 밤은 혼자 잠자리에 들어야 한다.

혹시라도 유모와 함께 자면 안 된다.

이 약병을 받아라, 그리고 침대에 누워서 마셔라.

그러면 곧 약이 네 혈관 속으로 퍼질 것이다.

차가운 느낌과 졸린 기운이 퍼져 나갈 거야.

맥박조차 원래의 움직임을 멈출 것이다.

온기도 없고 호흡도 없어서,

아무도 네가 살아 있다는 걸 알 수 없다.

입술과 뺨의 장밋빛조차 사라지고 말 거야.

얼굴은 창백해지고 푸른 잿빛으로 눈꺼풀은 시들 것이고

눈이라는 창문은, 죽음이 삶을

끊어 놓을 때처럼 닫히고 말 것이다.

부드러운 몸의 곳곳이 뻣뻣해지고 싸늘해져서

죽음처럼 보일 거야.

그리고 너는 가짜 죽음의 상태에서

42시간 동안 지내게 될 것이다.

42시간이 지나면 상쾌하게

잠들었다 일어난 것처럼 깨어날 거야.

신랑이 아침에 와서 널 깨우려고 할 땐,

넌 이미 침대에서 죽어 있는 것이지.

그렇게 되면, 우리의 전통대로

너에게 가장 좋은 옷을 입히고 뚜껑이 열린 관에 눕혀

모든 캐풀렛 친척들이 잠들어 있는

오래된 납골당으로 실려 갈 것이다.

그동안 나는 네가 깨어날 때를 준비해야지.

로미오는 내가 보낸 편지로 우리의 계획을 알게 될 거야.

그럼 그가 그리로 갈 거야. 로미오와 나는

네가 깨어나는 순간을 지켜보고, 바로 그날 밤에 너는

로미오와 함께 만토바로 가는 거야.

그러면 오늘의 수치로부터 멀리 달아날 수 있을 것이다.

만약, 변덕을 부린다거나 여자로서 두려움이 앞서

일을 그르치지만 않는다면 말이다.

줄리엣 주세요, 제발 주세요!

저에게 두려움을 말하지 마세요!

로렌스 그래, 이 약을 집에 가지고 가서 마음을 단단히

먹도록 해라. 난 급히 심부름꾼 한 명을

만투바로 보내서 네 남편에게 편지를 전하겠다.

줄리엣 아, 사랑이여. 나에게 힘을 주소서.

그 힘이 있다면 실행할 수 있겠지요.

안녕히 계세요, 신부님.

(따로 퇴장)

2장

(캐풀렛과 그의 아내, 유모와 두세 명의 하인 등장)

캐풀렛 (하인에게 쪽지를 건넨다.) 여기 적힌 손님들을 초대하거라.

(하인 한 명 퇴장)

캐풀렛 (또 다른 하인에게) 너는 나가서 괜찮은 요리사 20명
　　을 구하고.

하인 엉터리는 구하지 않겠습니다. 제가 그놈들이 손가락
　　을 빨 수 있는지 없는지 다 시험해 볼 테니까요.

캐풀렛 어떻게 그걸 가지고 알 수 있다는 거지?

하인 아니, 제 말은, 자기 손가락도 못 빼는 놈들은 실력이
　　없다는 말입니다. 그러니, 손가락조차 빨지 못하는 요리
　　사는 데려오지 않겠습니다.

캐풀렛 알았다. 어서 나가 보거라.

(하인 퇴장)

캐풀렛 이번 일에는 준비를 제대로 하지 못했군.

그나저나 줄리엣은 로렌스 신부님께 갔다고?

유모 네, 나리.

캐풀렛 그래, 그분이라면 잘 타일러 줄 거야.

그 아이는 워낙 고집이 센 말괄량이니까.

(줄리엣 등장)

유모 아가씨가 고해 성사를 마치고 기쁜 표정으로 돌아오

고 있네요.

캐풀렛 어딜 다녀왔느냐, 이 고집쟁이야.

줄리엣 배우고 왔습니다. 아버지와 어머니의

뜻을 복종하지 않고 대든 죄를

어떻게 회개하는지를요. 로렌스 신부는 아버지께

무릎을 굽히고 용서를 빌라고 했습니다.

부탁드려요. 용서해 주세요!

앞으로는 뜻대로 하겠습니다. (무릎을 꿇는다.)

캐풀렛 어서 백작에게 사람을 보내게. 이 일을 알리게!

아니, 이 결혼식을 내일 아침에 치르게나.

줄리엣 로렌스 신부님이 계신 곳에서 백작님을 만났어요.

그리고 정숙한 선에서 할 수 있는

애정을 표현했답니다.

캐풀렛 아, 이렇게 기쁜 일이 있다니. 잘되었구나. 일어서거라.

당연히 이렇게 될 일이었다. 백작을 만나야겠다.

그래, 어서, 빨리, 가게나. 그러라고 했잖소.

백작을 모셔 와라.

아, 정말 이 도시 모든 사람의 말대로

존경받아 마땅한 신부에게 많은 은혜를 받고 있구나.

줄리엣 유모, 내 방으로 가서 내일 내가 할 만한 옷가지랑

장신구를 함께 챙겨 주세요.

캐풀렛 부인 아니, 괜찮다. 목요일까지 시간은 충분해.

캐풀렛 가요, 유모. 저 아이와 같이 가요. 내일 함께 교회로

가야 할 거야.

(줄리엣과 유모 퇴장)

캐풀렛 부인 지금부터 준비하려면 큰일이네요.

벌써 밤이 되었어요.

캐풀렛 내 장담하는데, 내가 바쁘게 설치면

모든 게 다 잘 준비될 거라오. 내게 맡겨, 부인.

당신은 줄리엣에게 가요. 단장을 도와야지.

오늘 밤엔 잠을 잘 수 없겠어. 나한테 맡겨 두라고.

이번만큼은 내가 안주인 역할을 똑똑히 할 거야. 여봐라!

모두 나갔나? 이런, 그렇다면 내가 직접 패리스 백작에게

가서 시작을 알려야겠군. 마음이 아주 가볍군.

그 고집불통 마음이 이렇게 변하다니!

(각자 따로 퇴장)

3장

(줄리엣과 유모 등장)

줄리엣 그래, 이 옷들이 좋겠어요. 그렇지만 친절한 유모,

오늘 밤은 나 혼자 있도록 해 줘요.

하늘이 움직일 정도로 기도해서

내 처지에 미소를 짓게 해야 해.

내 처지는 유모가 잘 알잖아. 죄로 가득하고 꼬여 버린.

(캐풀렛 부인 등장)

캐풀렛 부인 지금 바쁘니? 내가 도와줄까?

줄리엣 아니에요, 어머니. 다 챙겼어요.

  내일 예식에 필요한 모든 것을요.

  그러니 부탁드릴게요. 이제는 저 혼자 있게 해 주세요.

  유모는 오늘 밤 어머니와 함께 있으세요.

  이렇게 갑자기 일을 치르게 됐으니

  어머니가 혼자 준비하시기엔 손이 부족할 거예요.

캐풀렛 부인 그래, 잘 자렴.

(어머니와 유모 퇴장)

줄리엣 안녕, 우리가 다시 만나게 될 날은

  하느님만 알고 있겠지요.

  생명의 온기를 전부 얼어붙게 만드는

  이 차가운 두려움이 내 혈관을 타고 흐르는구나.

  그들을 다시 불러서 나를 위로하게 해야겠어.

  유모! 아니지. 유모가 나를 위해 뭘 하겠어.

  이 저주받은 모습은 오로지 나 혼자 감당해야지.

오거라, 약병아.

이 약이 효과가 없다면 어쩌지?

그러면 내일 아침 결혼을 치르게 되는 건가?

아니야, 아니야! 이 약이 그 일을 막아 줄 거야.

거기서 기다려.

(병을 내려놓는다.)

만약, 신부님이 만든 이 독약이

어떻게든 날 죽이려 만든 거라면 어쩌지?

나와 로미오를 결혼시켰다는

그 불명예를 없애려는 방법이라면?

그럴지도 모르지. 하지만 그럴 리가 없잖아.

그는 언제나 거룩한 말과 행동을 하신 분이셨어.

그런 나쁜 생각일랑 하지 말아야지.

만약 내가 무덤에 누워 있을 때, 로미오가

나를 데리러 오기 전에

내가 깨어나 버리면 어떻게 하지? 그게 가장 두렵도다.

무덤에는 신선한 공기가 전혀 들어오지 않는다는데,

무덤에서 숨이 막혀서 죽어 버린다면?

아니면, 살아 있다 하더라도 미쳐 버리는 건 아닐까?

밤과 죽음이 주는 공포가 있는 곳,

그곳은 수백 년 동안 매장된 나의 조상들의

뼈가 묻혀 있는 곳이야.

무덤에 묻힌 지 채 얼마 되지 않은 티볼트가

수의를 입고 썩어 가고 있는 곳, 게다가 사람들 말로는

밤중 어떤 시간에는 유령이 모여든다는 곳인데.

아아, 그렇게 될 가능성은 얼마나 있을까?

일찍 일어난 내가 역겨운 썩은 냄새와

어떤 사람이라도 미치게 만든다는

만다라화(천상계에 핀다고 하는 성스러운 흰 연꽃)가

대지에서 뽑힐 때 지르는 비명 때문에

모든 끔찍한 공포에 사로잡혀

정신이 빠져나가서 조상의 뼈를 가지고 놀고

만신창이 티볼트의 수의를 꺼내서 찢어 버리고,

또 그렇게 미쳐 버린 상태에서 어느 위대한 조상의 뼈를

몽둥이 삼아 휘둘러 나의 절망적인 두개골을 열지 않을까?

아아, 저것 봐! 내 사촌의 유령이 일어나서 자기를 찌른

로미오를 찾고 있어. 로미오를 찾다니. 멈춰, 오빠!

로미오, 로미오, 로미오. 이제 마실 거예요.

당신을 위한 잔이랍니다.

(약병에 든 액체를 마시고 커튼 뒤 침대로 쓰러진다.)

4장

(캐풀렛 부인과 유모 등장)

캐풀렛 부인 자, 이 열쇠를 갖고 가서 양념을 더 가져와요.
유모 주방에서는 대추와 모과를 더 가지고 오라더군요.

(캐풀렛 등장)

캐풀렛 자, 서두르게나. 서둘러! 두 번째 닭이 울었어.
　　　통금을 알리는 종도 울렸으니 이제 3시가 됐어.
　　　안젤리카, 고기 파이를 좀 살펴보게나.
　　　비용은 아끼지 말라고.
유모 자, 이렇게 부엌일에 참견하시는 분께서는 나가세요.
　　　가서 주무세요. 이렇게 날밤 새면 내일 앓을지도 모른다
　　　고요.
캐풀렛 아니, 끄떡없다네. 이전에도 다른 일로
　　　날밤을 지샌 적이 있지만, 전혀 문제가 없었다네.
캐풀렛 부인 그렇겠지요. 한창때는 여자들 꽁무니만 졸졸
　　　따라다니셨지요.

하지만 이제는 어림없어요. 제가 감시자니까요.

(캐풀렛 부인과 유모 퇴장)

캐풀렛 저런 질투하고는! 질투라니!

(쇠꼬챙이와 장작, 바구니를 든 하인 서너 명 등장)

캐풀렛 이보게, 거기. 들고 있는 게 무엇이지?
하인 1 요리사가 필요하다는 용품입니다. 뭔지는 모르겠고요.
캐풀렛 서둘러, 서두르라고! (하인 퇴장)
　　　　이봐, 마른 장작을 가져오게.
　　　　피터를 찾아. 그가 마른 장작을 찾아 줄 거야.
하인 2 저도 장작을 찾는 머리는 있습니다.
　　　　그런 문제로 피터를 괴롭힐 수는 없습니다.
캐풀렛 그래, 말 한번 잘했다. 유쾌한 녀석이군, 흠!
　　　　자네는 장작 대가리가 될 걸세. (하인 2 퇴장)
　　　　이런 어쩌지. 벌써 날이 밝았군.
　　　　백작이 곧 악사들과 함께 올 거야.
　　　　그렇게 하겠다고 했으니.

(음악이 흐른다.)

캐풀렛　아아, 아마 도착한 모양이군.

　　　유모! 부인! 어딨어? 이봐!

(유모 등장)

캐풀렛　가서 당장 줄리엣을 깨우고 단장시키게.

　　　나는 가서 패리스 백작과 이야기를 나누겠네.

　　　빨리, 서두르라고!

　　　신랑이 벌써 왔어.

　　　서두르라니까!

(전부 퇴장)

5장

(유모 등장)

유모 아가씨! 이봐요, 아가씨. 아직도 주무세요?

아니, 우리 어린 양 아가씨, 이런 잠꾸러기 아가씨!

일어나요, 아가씨. 내 사랑, 새색시 일어나요!

아니, 이렇게 한마디도 안 하시다니.

아주 조금이라도 더 자야겠다?

일주일 동안에 잠을 몽땅 자 두는 게 좋을 거예요.

제가 장담하건대, 내일 밤

패리스 백작은 당신이 잠들지 못하게 하기로

마음먹었을 테니까요.

아이고, 내가 무슨 소릴 하는지! 정말 깊게 잠들었네.

아가씨를 이제 깨워야겠어. 아가씨, 아가씨, 아가씨!

이대로 백작님이 침대로 오시면 되겠네요.

그분이 깜짝 놀라게 하면, 일어나시겠지요? 그렇지요?

(커튼을 열어젖힌다.)

아니, 옷을 다 입고 쓰러져 있다니.

정말 깨워야겠네요. 아가씨! 아가씨! 아가씨!

아, 아, 이런! 누구 없나요? 도와줘요!

우리 아가씨가 죽었어요!

아, 내가 이런 슬픔을 겪게 되다니! 세상에!

누가 독한 술이라도 가져오게! 주인님, 마님!

(캐풀렛 부인 등장)

캐풀렛 부인 이게 무슨 소란인가?

유모 아, 이렇게 슬픈 일이!

캐풀렛 부인 무슨 일이지?

유모 자, 보세요, 아가씨를. 오, 이렇게 슬픈 날이 오다니!

캐풀렛 부인 아, 딸아. 내 딸아! 내 유일한 생명이여!

숨을 쉬어라, 눈을 뜨거라, 아니면 나도 죽어 버릴 테니.

여봐라, 사람을 불러라! 도움을 청하라고!

(캐풀렛 등장)

캐풀렛 이거 원, 창피하게. 얼른 줄리엣을 데리고 와. 신랑

이 도착했어.

유모 아가씨가 죽었답니다. 돌아가셨어요. 아, 이렇게 슬픈

날이!

캐풀렛 부인   아, 이럴 수가. 아이가 죽었어요. 죽어 버렸어

요. 죽었다고요!

캐풀렛   이게 다 무슨 소리야. 어디 보자. 아, 몸은 차갑구나.

피가 멈춘 것 같고 온몸이 딱딱해졌구나.

이 입술에서 숨이 안 나온 지 오래야.

모든 들판에서 가장 아름다운 꽃에 내려앉은 서리처럼

때 이른 죽음이 내 딸 위에 내렸구나.

유모   슬프도다!

캐풀렛 부인   오, 이렇게 비통할 수가!

캐풀렛   죽음이 내 딸을 데려가 나를 울부짖게 만들어,

내 혀를 묶어 버려서 말하지 못하게 하는구나.

(로렌스 신부와 패리스 백작이 악사들과 등장)

로렌스   갑시다. 신부는 교회에 갈 준비가 되었나요?

캐풀렛   갈 준비는 마쳤지만, 영영 돌아올 수 없게 되었소.

오, 사위. 자네의 결혼식 전날 밤에

죽음이 자네 아내와 먼저 첫날밤을 보냈다네.

보게나, 꽃다운 그녀를.

죽음에 꺾인 그녀를 보게나.

죽음이 나의 사위이고, 죽음이 내 상속자가 되었네.

죽음이 내 딸과 결혼식을 마쳤구나. 나는 죽을 때

그에게 내 모든 걸 남겨 줘야 해.

생명과 재산, 모든 것이 죽음의 것이지.

(모두가 손을 모으고 울부짖는다.)

패리스　오랫동안 이 아침을 만나기 위해

내 그렇게 기다렸는데,

이런 모습을 나에게 보여 주다니!

나는 이혼을 당했구나, 모욕을 당했다고.

상처 입고 살해당한 아침이야!

이토록 혐오스러운 죽음이라니, 그대는 날 속이고 나를

빼앗았도다.

잔인한 그대여, 잔인한 그녀가 나를 아예 죽여 버리는구나.

오, 사랑이여. 오, 생명. 생명이 아닌, 죽음 속 사랑아!

캐풀렛 부인　저주스럽고 불행하고 비참하고 가엾은 날이다!

오랜 시간 순례의 길을 목격했지만

이보다 더 슬픈 시간은 없었도다!

내 하나뿐인 사랑스럽고 가여운 아이를,

내 유일한 기쁨이자 위안인 아이를,

잔인한 죽음이 내 눈앞에서 훔쳐 갔구나!

유모 오, 슬프고 비통하도다! 비통하고 슬픈 아침이다!

이렇게 한탄스러운 날이라니. 내가 이제껏 살아온 날 중

이리도 슬픈 날이 또 있었을까. 정말 이런 날을 겪다니!

이렇게 가증스러울 정도로 슬픈 날이 없었도다.

아, 비통하고 슬픈 날!

캐풀렛 천대받고, 탄압받고, 모욕당하고, 욕을 먹고,

결국 죽임을 당했구나!

이 야속한 시간이여, 왜 이제 와서

살인을 저지르고, 죽음으로 몰아넣는 것이냐.

우리의 축제를,

우리의 결혼식을 망치다니!

오, 내 딸이여, 내 딸아, 내 영혼이여.

더 이상 내 딸이 아니라니!

넌 죽어 버렸구나. 아아, 내 아이가 죽어 버리다니.

내 아이와 함께 내 기쁨도 땅에 묻히겠구나.

로렌스 아, 이제 그만하세요. 이러시면 안 됩니다.

일을 해결하겠다고 이렇게 난리를 친다면,

더 어수선해질 뿐입니다.

하늘과 당신이

이 아름다운 처녀를 공유했지만, 이제 하늘이 전부를

차지했으니, 아가씨로서는 어쩔 수 없었겠지요.

하지만 하늘은 그녀를 가지고 영생으로 지켜 낸답니다.

당신이 원했던 건, 아가씨가 높은 자리에 가는 것이었지요.

이렇게 올라가서 하늘에 닿게 되었으니,

천국 같은 일이겠지요.

그런데 이렇게 우시다니요. 구름 위로 딸이 올라갔는데,

이렇게 울고 계시다니요?

아가씨가 잘된 것을 보고 이렇게나 슬퍼하시다니,

이건 자식을 사랑하는 게 아닙니다.

결혼해서 오래 사는 여자에게 결혼은 잘한 일이겠지만,

결혼해서 일찍 죽는 여자는 가장 나은 결혼을 한 거랍니다.

눈물을 닦으세요. 그리고 이 아름다운 시체는

로즈메리로 장식하세요.

전통대로 가장 좋은 옷을 입히고

교회로 옮기도록 해요.

정이 깊은 사람의 마음은 우리를 슬프게 만들지만,

그 깊은 정으로 흘리는 눈물은 이성의 조롱거리가 됩니다.

캐풀렛   결혼식을 위해 준비했던 모든 것을

장례식을 위한 것으로 바꾸어라.

악기는 조용한 조종(죽은 자를 애도하며 치는 종)으로,

결혼 축하연은 슬픈 장례식으로,

축가는 비통한 장송곡으로 전부 바꾸어라.

신부의 부케는 시신 매장 때 쓸 꽃으로 해라.

그 모든 것을 정반대로 바꾸어 놓아라.

로렌스   자, 이제 들어가세요. 부인도 함께요.

갑시다. 패리스 백작 당신도요. 다 함께 준비하세요.

이 아름다운 시신을 따라갈 준비를 하세요.

어떤 잘못을 저질렀는지,

하늘이 우울하게 바뀌고 있습니다.

하늘의 높은 뜻을 여기면서

더 이상 하늘을 노하게 하지 마세요.

(모두 퇴장하고, 유모와 악사들이 남아서 줄리엣에게 로즈메리
를 던지고는 커튼을 닫는다.)

악사 1   자, 우리도 악기를 챙겨서 떠나면 좋겠군.

유모   아, 정직한 양반들. 이제 악기를 챙기세요.

이제 다 끝났어요. 파장입니다.

악사 1 이게 악기라면, 고칠 수 있을 텐데…….

(유모 퇴장, 피터 등장)

피터 악사들, 악사 여러분. 〈마음의 평안〉, 〈마음의 평안〉을 연주해 주시오. 내 마음을 좀 읽어 내어 〈마음의 평안〉을 들려주시오.

악사 1 왜 하필 〈마음의 평안〉입니까?

피터 악사 여러분, 그건 내 마음이 지금 '슬픔으로 가득 찼구나.'를 연주하기 때문이라오. 조금 즐거운 가락이었으면 좋겠소. 음악으로 나를 위로해 주시오.

악사 1 노래는 안 됩니다. 지금 우리가 연주할 때입니까?

피터 그럼 안 하겠다는 말이오?

악사 1 그렇소.

피터 그렇다면 제가 맛을 한번 보여 드릴까요?

악사 1 뭔 맛을요?

피터 돈맛은 어림도 없고, 내 놀림이겠지! 이런 거지꼴로 악사라니!

악사 1 남 이야기하지 마쇼. 그럼 나는 당신을 하인 놈이라고 말할 테니.

피터 (단검을 뽑아 들고) 그렇다면 이 하인 놈의 단검이 네놈 머리에 꽂힐 것이다. 나는 섣부르게 행동하지 않는다고. 음계대로 맞아 보겠다는 거냐? 내 말을 이해는 하느냐?

악사 1 도레미파로 내리친다면, 소리를 내는 일일 뿐 뭐 알 아듣고 말고 할 게 있나?

악사 2 이봐, 단검은 저리 치우고 농담이나 한번 던지라고.

피터 그렇다면 내 말재간이나 받으라지! 내 강철 같은 말 장난으로 널 두들겨 패 줄 테다. 어디 사내라면 맞받아 쳐 보라고!

(노래) "슬픔이 가슴을 억눌러 아프게 하고,

슬픈 우울이 마음을 짓누를 때,

그때 음악은 은빛 소리로."

왜 은빛 소리일까? 왜 은빛이 나는 소리일까? 대답하게 나. 왜 그렇다고 생각하는지를.

악사 1 그야 은이 아름다운 소리를 내니까!

피터 말도 안 되는 소리! (악사 2를 보며) 연주자, 자네가 말 해 보게나.

악사 2 그야 은화를 받기 위해 연주하니까.

피터 역시나 헛소리! 넌 어때? 악기에 말뚝이 박힌 놈!

악사 3 정말, 이걸 뭐라고 대답해야 할지 모르겠군.

피터 아, 이거 불쌍해서 어쩌나. 자네들은 악사지만, 내가
대신 대답해 주지. 그건 악사들이 악기를 연주해도 절대
금화를 받지 못하기 때문이지. 그래서 은빛 소리가 나는
음악이라는 거야.

(노래) "그래서 음악이 은빛 소리로

그 즉시 위안을 준다네."

(피터 퇴장)

악사 1 뭐, 저런 병신을 보았나!

악사 2 목을 매달아 버릴 놈! 이놈아, 이 죽일 놈! 우리도 이
제 들어가지. 문상객들이 올 때까지 기다렸다가 끼니나
때우자고.

(모두 퇴장)

Romeo and
Juliet

1장

(로미오 등장)

로미오 잠이 이끄는 내용을 내가 믿어도 된다면,
오늘 내 꿈은 기쁜 소식을 예언하고 있도다.
내 마음의 주인인 심장조차 이리 가볍게 뛰고 있고,
온종일 전에 없던 기운이
유쾌한 생각으로 날 마치 땅 위에 뜨게 만든다.
나의 여인이 와서 내가 죽은 걸 보더니,
아, 죽은 사람이 생각한다는 건 아주 이상하구나!
아무튼, 내 입술에 그녀의 입술이 닿자, 생명이 들어오고
난 다시 살아나 황제가 됐다.
아! 사랑의 그림자만으로도 이리 큰 기쁨이 깃드는 법인데,
실제로 누리는 사랑이란 얼마나 달콤할까. 슬프구나.

(로미오의 하인 발터자르가 장화를 신고 등장)

로미오 때마침 베로나에서 소식이 왔구나!
어떤 소식이냐, 발터자르.

신부님에게 편지를 받아 오지 않은 게냐?

아가씨는 어떠시지? 아버지는 어떻고?

내 다시 묻겠다. 줄리엣은 어떻게 지내느냐.

그녀만 잘 지낸다면, 다른 나쁜 일은 없을 것이다.

발터자르   그렇다면 아가씨는 잘 계신답니다.

다른 나쁜 일이 일어날 리가 없습니다.

아가씨의 몸은 캐풀렛가 묘지에 누워 있고

영혼은 천사와 함께 영원히 살고 계실 테니까요.

아가씨가 가문의 묘지에 묻히는 것을 보고

그 즉시 말을 타고 달려왔습니다.

아, 이토록 슬픈 소식을 갖고 온 저를 용서하세요.

이렇게 알리는 게 바로 제 임무라고 하셨잖아요.

로미오   정말 그렇게 되었단 말이냐?

그렇다면 난 거부하겠다. 그 운명들을!

내 숙소가 어딘지 너는 알고 있지?

그럼 가서 잉크와 종이를 가져오고

말을 빌려와라. 오늘 밤 이곳을 뜨겠다.

발터자르   제발요, 도련님. 참으셔야 해요.

안색이 창백합니다. 무서운 일을

당장이라도 낼 분 같아요.

로미오　하, 잘못 보았군.

난 괜찮다네. 그러니 시킨 일이나 하라고.

신부님이 주신 편지는 없는가?

발터자르　없어요, 착하신 도련님.

로미오　무슨 상관이람. 어서 가라.

말을 구해 오너라. 내가 곧 따라가겠다.

(발터자르 퇴장)

로미오　아, 줄리엣. 나 오늘 밤은 그대와 함께 눕겠소.

방법을 생각해 보자. 오, 못된 생각들이여. 그대들은

언제나 절박한 머릿속에 재빨리 침입하는구나!

어느 약제사가 생각나는군.

그는 아마 이 근처에 살고 있다지. 근래에 나는

누더기 차림에, 이마가 튀어나온 그가

약초를 챙기고 있는 걸 보았어. 초라한 모습과

심한 고난을 겪었는지, 뼈밖에 남아 있지 않았지.

그의 초라한 가게에는 거북이와

박제한 악어, 그리고 흉측하게 생긴 물고기와

선반 주변에는 빈 상자가 몇 개 있었고

초록색 항아리와 약주머니, 곰팡이가 핀 씨앗,

남은 포장 끈과 말린 장미 덩어리가

자질구레하게 널려 있어, 약방 흉내를 내고 있었어.

나는 그 가난한 꼴을 보고 생각했지.

'만토바에서 독약 판매가 발각되면 즉시 사형이지만,

만약 독약이 필요한 누군가가 있다면

이 궁핍한 인간은 분명 팔고 말 것이야.'

아, 바로 이 생각이 나의 방법을 앞질러 나왔구나.

그리고 그 궁핍한 인간은 나에게 독약을 팔 것이다.

내가 기억하기에, 이 집이 분명해.

휴일이라니, 이 거짓 같은 곳이 닫혀 있군.

이봐! 약제사!

(약제사 등장)

약제사 누가 이렇게 큰 소리로 부르시지요?

로미오 이리 나오시오. 내가 보니,

당신은 지금 궁핍한 것 같소만.

(돈을 건넨다.)

받아 두시게나. 금화 40개 여기 있소.

내게 독약 한 병을 파시오. 그 약의 효과가 너무 빨라

순식간에 모든 혈관에 퍼져 버리고

인생에 지친 자가 마시면, 곧바로 쓰러지고

발사된 화약이 대포의 자궁에서 서둘러 떠나 버리듯

몸에서 숨이 빠져나가는 속도가 굉장히 빠른,

아주 독한 약을 하나 주시오.

약제사 그런 약이 하나 있기는 합니다.

하지만 만토바의 법은 파는 사람에게 사형을 내립니다.

로미오 그렇게 궁핍하게 살고 있으면서도

죽는 게 두렵단 말이오? 당신 뺨은 이미 굶어 죽었소.

두 눈에 있는 고생과 궁핍함조차 죽어 버렸고

당신 등에 걸린 것은 경멸과 비루함뿐이오.

이 세상은 당신의 친구가 아니고,

세상의 법도 당신 편이 아니지.

또 이 세상은 당신을 부자로 만들어 주지도 않지.

그러니 가난하게 살지 말고, 법을 어기고 이 돈을 받으시오

약제사 제 의지가 아닙니다. 제 가난이 이 돈을 받습니다.

로미오 당신의 가난에게 이 돈을 주는 겁니다. 당신에게 주
는 게 아니오.

약제사 이 약을 아무 액체에 타서 마신다면, 장정 20명의

힘을 가졌다 하더라도 곧 목숨을 끊어 낼 수 있을 것입니다.

로미오   여기 금화를 받으시오.

이것이 바로 인간을 망치는 독약이지.

이 추악한 세상에서는 금화 때문에

당신이 어쩔 수 없이 파는 이 약보다

더 많은 살인이 일어나고 있소.

내가 당신에게 독약을 판 것이오.

당신은 나에게 독을 팔지 않았소.

잘 있으시오. 먹을 것을 사고 살을 붙이시오.

(약제사 퇴장)

로미오   죽음이여, 내게 오너라. 이건 독약이 아니라 회복제지.

나와 함께 가세.

줄리엣의 무덤으로 가서 내 너를 쓸 것이다.

(퇴장)

2장

(존 신부 등장)

존 성 프란체스코 신부님, 계시나요?

(다른 문으로 로렌스 신부 등장)

로렌스 이 목소리는 존 신부인데.
만토바에서 잘 돌아오셨소? 로미오는 뭐라고 하던가요?
아니, 그의 생각을 담은 글이 있다면 그 편지를 주시오.
존우리 수도회에 계시는 분이 이 도시에 있는데
그와 함께 동행하려 했소.
그는 환자 병문안을 하고 있는 중이었지요.
그렇게 그를 찾았는데, 전염병 조사관들이
우리를 의심했소. 우리 둘이 들른 집이
전염병 발생 지역이라고 하면서 말이오.
그렇게 문을 닫아 두고 우리를 못 나오게 하는 바람에
만토바로 가는 발이 묶이고 말았소.

로렌스 아, 그렇다면 누가 로미오에게 편지를 전했습니까?

존　아무에게도 보낼 수 없어, 여기 가져왔습니다.

　　　당신에게 되돌려 보낼 사람도 구할 수가 없었지요.

　　　병이 밖으로 나갈까, 다들 어찌나 무서워하는지.

로렌스　이렇게 큰 불행이 있나! 수도회를 걸고 내 말하겠소.

　　　그 편지는 절대 사소한 내용이 아니었소.

　　　중요한 내용이 담긴 그걸 전하지 못하면,

　　　결과가 심각할 것이오.

　　　존 신부, 어서 쇠 지렛대를 구해 오시오.

　　　얼른, 내 방으로요.

존　네, 형제님. 그렇게 하리다. (퇴장)

로렌스　이제 나는 홀로 무덤으로 가야겠군.

　　　앞으로 세 시간 뒤면 아름다운 줄리엣이 깨어날 거야.

　　　로미오에게 이 일을 전하지 못한 걸 안다면

　　　줄리엣이 나를 무척이나 탓할 거야.

　　　어쨌든 다시 만토바로 편지를 보내고,

　　　줄리엣은 로미오가 올 때까지

　　　내 처소에 있으라고 해야겠어.

　　　불쌍한 살아 있는 시체여, 죽은 자의 무덤에 갇혀 있다니!

(퇴장)

3장

(패리스 백작과 그의 시동(귀인 밑에서 심부름하는 아이)이 꽃
과 횃불, 향수를 들고 등장)

패리스 애야, 횃불을 다오. 그리고 더 멀리 떨어져 있어라.

아니, 횃불은 꺼야겠구나. 남의 눈에 띄는 건 싫으니까.

저기 있는 상록수 아래 엎드려,

움푹 파인 땅에 귀를 대고 있어라.

누군가 묘지 근처에 발을 디딘다면,

무덤을 판 지 얼마 안 된 헐거운 땅에서

발소리가 날 것이다. 그러면 나에게 휘파람을 불어라.

누군가 온다는 신호를 주라는 말이다.

그 꽃은 이리 다오. 그리고 어서 가서 시킨 대로 해라.

시동   (방백) 여기 묘지에 있는 것만으로도 무서워 죽겠네.

혼자지만, 시키는 대로 하는 수밖에.

(시동이 패리스 백작에게서 약간 떨어져 몸을 숨긴다.)

패리스 (무덤에 꽃을 뿌리며) 상냥한 꽃이여, 아름다운 꽃 같

은 이여,

그대의 신방 침대에 뿌립니다.

아, 슬프도다! 그대의 침대 덮개가

이런 먼지와 돌덩이라니.

내 그것들을 밤마다 향수로 적시겠소.

그게 없다면, 내 신음에서 나온 눈물을 뿌리겠나니.

내가 그대를 위해 할 수 있는 장례식은

밤마다 무덤에 꽃을 뿌리고 이렇게 흐느끼는 것이오.

(시동의 휘파람 소리가 들린다.)

패리스　저 아이가 신호를 보냈어. 누군가 오고 있다는 거군.

　　　아니, 이 밤중에 어떤 저주받은 발걸음이 헤매다

　　　내 장례식과 깊은 사랑의 의식을 방해하는 것인가?

　　　아니, 횃불까지 들었다니. 밤이여, 잠시 나를 숨겨 주게.

　　　(옆으로 몸을 숨긴다.)

(로미오와 발타자르가 횃불과 곡괭이, 쇠 지렛대를 들고 온다.)

로미오　곡괭이와 쇠 지렛대를 다오.

받아라, 이 편지는 잘 간직해 다오.

이른 아침에 내 주인인 아버지에게 전하도록 해라.

횃불을 다오. 내 목숨을 걸고 명령하마.

무슨 소리를 듣거나, 무엇을 보든 멀리 떨어져 있어라.

내 일을 방해할 생각은 하지 말라는 게야.

내가 이 죽음의 침대로 내려가는 이유는

내 아내의 얼굴을 보기 위함이기도 하지만,

더 중요한 일은 죽은 그녀의 손가락에서 귀한 반지를

빼내야 한단다. 내가 그 귀한 반지를 써야 할

중요한 일이 있거든. 그러니 저리 가 있어라.

하지만 네가 만약 내가 하는 일에 의심이 생겨서

내가 하려는 일을 엿보게 된다면,

하늘에 맹세컨대 내가 네 사지를 갈기갈기 찢어서

이 굶주린 묘지에 뿌려 둘 것이다.

상황도 상황이지만 나의 마음도 난폭해졌구나.

굶주린 호랑이나 포효하는 바다보다

더욱 더 사납고 가혹해졌구나.

발타자르 갈게요, 도련님. 방해하지 않겠습니다.

로미오 그래, 그게 나에게는 우정의 표시야. 이걸 받아라.

(돈을 건넨다.)

너는 잘 살아야 한다. 잘 가게나, 나의 친구.

발타자르 (방백) 아무리 그렇다고 해도

이곳에 숨어 있어야겠군.

도련님 얼굴이 무서워. 그의 의중이 궁금하구나. (물러난다.)

로미오 이 세상에서 가장 흉측한 아가리야, 이 죽음의 자궁아.

이 세상에서 가장 아름다운 것을

잔인하게 집어삼켰겠지.

내가 이렇게 너의 썩은 턱주가리를 강제로 열고

괘씸한 네 아가리에 더 많은 음식을 채워 주겠다.

(무덤 뚜껑을 연다.)

패리스 저놈은 내가 사랑하는 이의 사촌을 죽인 놈이다.

그 슬픔으로

내 사랑하는 이가 죽음을 맞이했다고 했지.

저놈은 추방당했다고 들은 몬터규 놈인데 왜 여길 와서

저런 수치스러운 짓을 시체에게 하는 것인가.

아, 저놈을 잡아야겠다.

(칼을 뽑고는 로미오에게 다가간다.)

거기 멈춰라! 감히 시신을 모독하려 하다니.

사악한 몬터규 놈이군!

그렇게 죽이고 나서도 해할 것이 남아 있다는 말이냐?

이런 저주받은 악당아, 내가 너를 체포하겠다.

순순히 나를 따라오거라. 너는 마땅히 죽어야 한다.

로미오 그렇소. 나는 죽어야 하지. 그래서 이곳으로 왔다.

착하고 친절한 젊은이여, 절박한 나를 건드리지 말게나.

어서 멀리 도망쳐 나를 떠나라.

여기 죽은 이들을 생각하라.

공포를 느끼지 않느냐. 젊은이, 어서 빨리 떠나라.

부탁하네.

제발 나를 분노하게 만들어

내 머리에 또 다른 죄를 씌우지 말게나. 제발 가시오.

하늘에 맹세하겠소. 난 당신을 나 자신보다 더 사랑해서

말하는 거요.

이곳에 온 이유는 바로 나를 죽이려고 무기를 들고 왔소.

서 있지 말고 가시오.

생명을 구하고 훗날 그렇게 말하시오.

미친놈의 자비가 당신을 살렸다고.

패리스 네 간청은 듣지 않겠다.

너를 범죄자로 체포하겠다!

로미오 기어이 내 화를 부르겠단 말이구나. 그렇다면 받아라!

(그들은 칼을 겨누고 싸움을 시작한다.)

시동   오, 하느님. 저들이 기어코 싸우는구나. 가서 경비를
       불러야겠어.

(시동 퇴장하고 패리스가 쓰러진다.)

패리스   오, 나는 이렇게 죽는구나!
       그대가 자비로운 사람이라면,
       줄리엣의 무덤을 열어 나를 그 곁에 뉘어 다오.
로미오   그래, 그렇게 하지. 자, 이 작자는 누구란 말인가.
       아, 머큐쇼의 친척인 패리스 백작이구나!
       아까 하인이 뭐라고 했던 것 같은데, 정신이 혼란스러워서
       내가 제대로 듣지 못했지만, 아마도
       패리스 백작과 줄리엣이 결혼할
       예정이었다고 하지 않았나?
       그렇게 말한 게 아니었나? 아, 내가 꿈꾼 것인가.
       아, 내가 미쳐 버린 건가. 그가 줄리엣을
       입에 담자마자 내가
       그럴 거라고 생각해 버린 건 아닌가?

아, 우리 손을 잡읍시다.

나와 함께 가혹한 장부에 이름을 올린 자여.

그대를 이 찬란한 무덤에 묻어 주겠소.

(관 뚜껑을 열자 줄리엣이 나타난다.)

무덤이라니? 아니다. 여긴 빛이 들어오는 등대다.

죽은 젊은이여,

여기 줄리엣이 누워서 아름다움을 내비치고 있소.

이 둥근 천장의 묘지가 빛으로 가득 차

향연장을 만들었잖소.

죽은 자여, 죽으려고 한 자에게 죽임을 당해

그곳에 눕게 되었군요.

(패리스 백작을 무덤에 눕힌다.)

사람들은 죽음이 코앞으로 다가오면,

종종 유쾌해진다고 하오.

지켜보는 사람은 그것을 보고 죽음 전 번개라고 하지.

오, 내가 어찌 이것을 번개라고 할 수 있겠는가?

오, 내 사랑, 나의 아내!

죽음은 그대의 달콤한 숨결을 빨아먹었지만,

그대의 아름다움마저 어떻게 할 수는 없었도다.

그대는 아직 죽음에 정복당하지 않았구나.

아름다움의 깃발은 여전히 휘날리는구나.

당신의 두 뺨과 입술은 주홍빛이오.

죽음의 창백한 깃발은 아직도 그곳으로 가지 못했소.

티볼트, 피 묻은 수의를 덮고 그곳에 누워 있는가?

자네의 청춘을 두 동강 낸 손으로,

자네의 적의 목숨을 끊어 버리는 것보다 더 큰 호의를

내 어찌 베풀 수 있겠는가.

용서하시게, 사촌. 아, 사랑하는 줄리엣.

왜 당신은 여전히 이토록 아름답단 말인가. 실체 없는

죽음이 사랑에 빠지고 그 혐오스러운 괴물,

어둠의 애인으로 당신을 삼으려 한다는 걸

나보고 믿으라는 거요?

그것이 나는 두렵소. 그래서 언제까지나 그대 곁에 머물며

이 어두운 밤의 궁전에서 절대 떠나지 않을 것이오.

여기, 이곳에 머물겠소.

당신의 침실을 담당하는 구더기 시녀들과 함께.

아, 여기가 나의

마지막 영원한 안식처라오.

세상에 버림받은 이 육체로부터 불행한 운명의

멍에를 떨쳐 버리겠소. 눈이여, 보아라. 너의 최후를!

팔이여, 마지막 포옹을!

입술, 아, 숨결의 문이여.

거짓 없는 한 번의 키스로 모든 걸 덮는 죽음과

영원한 계약을 하겠도다.

(줄리엣에게 키스하고 독을 잔에 붓는다.)

오거라, 쓰디쓴 안내자여. 오라, 이 맛없는 길잡이여!

그대는 절망적인 항해사니, 이제 풍랑에 시달리다 지친

너의 배를 바위에 던지고 산산조각 내거라!

내 사랑을 위해 건배! (마시며) 아, 정직한 약제사여!

그대의 약은 효과가 아주 빠르구나.

이렇게 입맞춤으로 나는 죽는다.

(로미오가 쓰러지고, 로렌스 신부가 횃불과 쇠 지렛대, 삽을 들
고 등장)

로렌스 성 프란체스코님, 날 도우소서.

오늘 밤 내 늙은 발이 왜 이토록 무덤에 걸려 넘어지는

지! 거기 누구요?

발타자르 접니다, 로미오의 친구. 그리고 신부님을 잘 아는

사람입니다.

로렌스　그대에게 신의 축복이! 말해라, 친구여.

　　구더기와 눈 없는 해골에 저렇게 빛을 비추는

　　횃불은 누구의 것이냐? 내가 볼 때

　　저 횃불이 밝히는 곳은 캐풀렛 가문의 납골당이구나.

발타자르　그렇습니다, 신부님. 그리고 그곳에는 신부님이

　　사랑하는 제 주인님이 계십니다.

로렌스　그래, 그가 누구냐?

발타자르　로미오 도련님입니다.

로렌스　여기 온 지 얼마나 되었느냐?

발타자르　30분은 넘었습니다.

로렌스　그럼 나와 함께 그곳으로 가세.

발타자르　감히 그럴 수가 없습니다.

　　제 주인님은 제가 이곳을 떠난 줄로 아십니다.

　　안 그러면 죽이겠다고 했어요.

　　여기 남아서 주인님이 하는 것을 보면,

　　죽이겠다고 위협했습니다.

로렌스　그렇다면 이곳에 남아 있어라. 혼자 가겠다. 두렵구나.

　　아, 나쁜 일이 벌어지고 말았을지도 모르겠구나.

발타자르　여기 이 상록수 아래서 제가 잠을 자고 있는데,

　　저희 도련님이 누군가와 싸우다가

그를 죽이고 마는 꿈을 꾸었습니다.

로렌스 오, 로미오!

이런, 이런. 이 무덤의 돌문에

이 피는 무엇이란 말이냐?

검이 주인을 잃고 피 묻은 채 이 평화의 장소에서

색을 바꾼 채 놓여 있는 이유가 뭐란 말이냐?

로미오! 오, 창백한 얼굴이구나! 아, 또 누구란 말이냐.

아니, 패리스 백작!

이런 피투성이는 무엇이냐.

아, 도대체 어떤 덧없는 시간이

이런 비통한 일을 꾸몄단 말이냐?

(줄리엣이 깨어나 몸을 일으킨다.)

로렌스 아, 줄리엣이 깨어나는구나.

줄리엣 마음의 안식을 주시는 신부님!

제 주인은 어디에 계시나요?

저는 제가 어디에 있어야 하는지 잘 기억한답니다.

바로 지금 그곳에 있는 거지요.

로미오는 어디에 있나요?

로렌스 무슨 소리가 들리는구나.

줄리엣, 죽음과 전염병, 자연스럽지 않은

잠자리에서 나오너라.

거스를 수 없는 어떤 위험한 힘이 작용했구나.

우리의 큰 계획을 가로막았다. 어서, 어서 나와라.

네 품에 있는 네 남편은 죽었단다.

그리고 패리스 백작, 그 또한 죽었다.

가자. 내가 널 성스러운 수녀회에 맡기도록 하겠다.

질문이 있다면 나중에 받겠다. 경비원이 오고 있어.

어서 가자. 착한 줄리엣, 너는 여기에 있으면 안 돼.

줄리엣 가세요. 이곳을 떠나세요. 전 안 갈 테니.

(로렌스 신부 퇴장)

줄리엣 이게 뭐지? 사랑하는 이 손에 쥐어 있는 잔은?

아, 이제 보니 그는 독약을 마시고 빠르게 가 버렸구나.

아, 야속한 사람이여. 다 마셔 버렸구나.

친절하게 남겨 두어

나에게도 죽음을 줘야지. 전 당신 입술에 입을 맞출게요.

혹시라도, 약간의 독이 있을지도 모르니까요.

그것이 저를 죽일 수 있는 회복제가 될지도 모르지요.

(로미오에게 키스한다.)

경비원 앞장서서 알려 주거라. 도대체 어느 쪽이냐?

줄리엣 아, 소리가 나는구나. 누군가 오고 있어.

그렇다면 빠르게 끝내야겠다.

운이 좋구나. 여기 단검이 있다니.

이곳이 바로 너의 칼집이다. 거기서 녹슬고

나를 죽게 해 다오.

(로미오의 단검으로 자신을 찌른다. 그대로 로미오 시체 위에

쓰러져 죽는다.)

시동 저깁니다. 횃불이 있는 곳이오.

경비대 장바닥이 피로 흥건하군. 얼른 주변을 뒤져라.

너희 몇 명은 가서 보이는 사람 전부 체포해라.

(몇몇 경비원 퇴장)

경비대장 이토록 처참한 광경은 처음이구나.

백작은 살해당해 누워 있고

장사 지낸 지 얼마 안 된 줄리엣은

온기가 있는 상태로 다시 죽어 따스한 피를 흘리는구나.
가서 영주님께 말을 전하게. 캐풀렛가로 가고
몬터규 사람들도 깨우거라. 나머지는 다시 수색하라고.

(다른 경비대원들이 따로 퇴장)

경비대장 이렇게 처참하게 시체들이 놓여 있는 땅은
뚜렷하지만
이 모든 비극의 원인을
자세히 알기 위해서는 보다 상세한 설명이 필요해.

(경비대원들이 발터자르와 함께 등장)

경비원 1 여기 로미오의 하인이 있습니다. 우리가 이자를
묘지 근처에서 찾았습니다.
경비대장 영주가 이곳으로 오실 때까지 그를 잘 붙잡아 두게.

(또 다른 경비대원이 로렌스 신부를 데리고 등장)

경비원 2 이 신부님은 몸을 떨면서

한숨을 쉬고 울고 있었습니다.

여기 곡괭이와 삽을 압수했습니다.

묘지 쪽에서 내려오는 중이었어요.

경비대장 너무 수상하군. 신부님도 잘 잡아 두게.

(영주가 다른 사람들과 함께 등장)

영주 도대체 이 이른 시각에 어떤 재난이 닥쳐서

　　　사람들의 새벽잠을 깨운단 말이냐?

(캐퓰렛과 그의 아내 등장)

캐퓰렛 무슨 일이기에 밖이 온통 비명으로 가득한가.

캐퓰렛 부인 거리에서 몇 사람이 '로미오'라고 소리 지르고

　　　누군가는 '줄리엣', 또 다른 몇몇은 '패리스'라고 외치면서

　　　우리는 납골당으로 가고 있었어요.

영주 우리의 귀를 놀라게 만드는 저 소리는 무엇인가?

경비대장 영주님, 여기 패리스 백작이

　　　살해당해 누워 있습니다.

　　　로미오도 죽었고, 줄리엣도 죽었습니다.

아, 줄리엣은 이전에 죽었지만 몸이 따뜻해요.

다시 살해당한 것 같습니다.

영주 수색해라! 찾아라! 이 추악한 살인극이

어떻게 벌어졌는지 알아내라!

경비대장 여기 신부님과 살해당한 로미오의 하인을

잡아 두었습니다.

그들이 갖고 있는 도구들 전부

죽은 이들의 무덤을 파고 여는 것이었습니다.

캐풀렛 아, 하늘이시여! 오, 여보.

우리 아이가 피를 흘리고 있어요.

단검이 착각한 거야! 몬터규 놈 등에 있는

칼집을 찾지 못하고, 내 딸아이의 가슴을

칼집으로 알고 꽂혀 있다니!

캐풀렛 부인 아, 이 죽음의 광경은 나를 무덤으로 조종해

이끄는 것 같구나. 슬프도다.

(몬터규 등장)

영주 이리 오시오, 몬터규. 당신이 이렇게 일찍 일어난 것은

당신의 아들이자 상속자인

로미오가 죽은 것을 보기 위해서요.

몬터규　아, 영주님. 제 아내가 간밤에 죽었습니다.

아들이 추방당하자, 심장이 멎은 겁니다.

그런데 이 늙은이를 더 괴롭힐 수 있는 슬픔이

어디에 있나요?

영주　보시지요. 보면 알게 될 것이오.

몬터규　아니, 이렇게 불효막심한 놈이라니. 무슨 짓이더냐!

늙은 애비를 앞지르고 먼저 무덤에 있다니!

영주　이 희한한 사건의 원인과 과정, 근원을 밝히고

의혹이 깨끗하게 사라질 때까지

슬픔의 입은 잠깐 닫아 두도록 하시오.

그런 뒤 이 슬픈 사건은 내가 정리하겠소.

죽을 때까지 슬픔을 달고 산다 해도 그렇게 하시오.

그동안은 잠깐 참고,

이 불행을 인내심의 노예로 만들도록 하시오.

이제 의심되는 사람을 불러와라.

로렌스　제가 바로 가장 유력한 용의자입니다.

이 일에 있어서는 가장 힘이 약하지만,

시간과 장소가 어긋나는 바람에

이 끔찍한 살인의 큰 혐의는 저에게 있습니다.

그래서 지금 이 자리에 섰습니다.

저주받게 된 스스로를 다그치면서

억울한 일은 해명하기 위해서입니다.

영주 그래요. 이 일에 대해서 알고 있는 전부를 말하시오.

로렌스 제가 숨 쉴 날이 얼마 남지 않았으니,

짧게 말하겠습니다.

제 숨은 지루한 이야기를 할 만큼 길지 않습니다.

저기 누워 있는 로미오는 그 위에 누워 있는

줄리엣의 남편이었습니다.

저기 죽어 있는 줄리엣은 로미오의 충실한 아내였고요.

제가 두 사람을 결혼시켰습니다.

그들이 몰래 혼례를 치른 날이

티볼트가 죽은 날입니다. 그의 갑작스러운 죽음은

막 결혼한 신랑을 이 도시에서 내쫓게 만들었습니다.

줄리엣은 티볼트 때문이 아니라

신랑 때문에 슬퍼했습니다.

캐퓰렛, 당신은 그녀를 슬픔으로부터 구해 낸다는 명목으로

패리스 백작과 약혼시키고 결혼을 서둘렀지요.

줄리엣이 저에게 와서는 말했습니다.

그 어떤 방법을 써서라도

두 번째 결혼을 막아 달라고요.

방법을 생각해 내지 않는다면,

제 방에서 죽는다고 했습니다.

제가 한때 의술을 배우면서 알게 된 것을

그녀에게 주었습니다.

잠에 빠지는 약이었고, 효과가 명확했지요.

그 약은 우리의 뜻대로 그녀가

죽은 것처럼 보이게 했습니다.

그동안 저는 로미오에게 편지를 썼습니다.

이 무서운 밤, 이곳으로 와서

약효가 떨어질 그 시간에 그녀를 꺼내 달라고요.

하지만 제 편지를 들고 갔던 존 신부님의

발이 뜻하지 않게 묶여 버렸고, 어젯밤

그 편지는 저에게 돌아왔습니다. 그래서 저는 홀로

그녀가 깨어날 시각에 미리 이곳으로

오게 되었습니다. 그녀를 이 납골당에서 꺼내려고요.

제 생각으로는 그랬습니다.

그녀를 제 거처에 숨겨 두었다가

적당한 시기를 봐서 로미오에게 보내려고 했습니다.

하지만 제가 이곳으로 왔을 땐,

그녀가 깨어나기 고작 몇 분 전이었는데,

고결한 패리스 백작과 진실한 로미오가

때 아닌 죽음을 맞이해 이곳에 누워 있는 게 아닙니까.

줄리엣은 이내 깨어났고,

저는 그녀에게 제발 나가자고 했습니다.

이건 하늘이 한 일이니,

인내를 갖고 견디자고 말이지요. 간청했습니다.

그때 밖에서 소리가 났고,

놀란 저는 그곳에서 빠져나왔습니다.

하지만 그녀는 절대 나가지 않겠다며 고집을 피웠어요.

제가 보기엔 그녀 스스로 목숨을 끊은 것 같습니다.

이 모든 게 제가 아는 전부고, 결혼에 대해서는

유모도 알고 있습니다.

그리고 지금 말한 것 중 어떤 부분에

제 불찰이 있었다면, 늙은 목숨을 그저

거두어 가시길 바랍니다. 원래의 제 삶에서 조금 더 일찍,

몇 시간 더 이르게 가져가시는 것일 뿐.

영주   우리는 신부님을 훌륭한 분으로 모셔 왔습니다.

로미오의 하인은 어디 있지?

이 일에 대해 할 말이 있는가?

발터자르   전 도련님께 줄리엣 아가씨가 죽었다는 소식을

전했습니다.

그랬더니 황급하게 만토바를 떠나와

바로 이곳으로, 아가씨의 납골당으로 달려왔습니다.

그리고 일찍 편지를 주고

아침 일찍 부친에게 전하라고 했습니다.

그러고는 납골당으로 들어가면서

등을 돌리고 가라고 했습니다.

그러지 않으면 죽이겠다고 위협했습니다.

영주   그럼, 편지를 다오. 읽어 보겠다.

경비대를 깨운 백작의 시동은 어디에 있지?

애야, 너의 주인은 왜 이곳에 온 게냐?

시동   아가씨 무덤에 뿌릴 꽃을 가져왔습니다.

저보고 멀리 떨어져 있으라 하셔서 그렇게 했습니다.

조금 지나서 누군가 횃불을 들고 와

무덤 뚜껑을 열었습니다.

저의 주인님은 그를 향해 칼을 겨누었고 그때

저는 경비대를 부르기 위해 도망쳤습니다.

영주   이 편지를 보니 그들의 사랑, 죽음의 소식까지

로렌스 신부 말이 맞구나.

여기 로미오가 가난한 약제사에게 독약을 샀고

그것을 마시고 죽은 후에 줄리엣과 함께 누우려고

이 납골당으로 왔다고 쓰여 있구나.

원수의 가문은 어디에 있소? 캐풀렛과 몬터규.

보시오. 당신들의 증오가 만든 재앙을 말이오.

하늘은 당신들의 기쁨인 자식들이

사랑으로 죽는 법을 찾아냈소.

그리고 나는 당신들의 불화에 눈을 감은 대가로

두 명의 친척을 잃었고. 우리 모두가 벌을 받았소.

캐풀렛 오, 사돈 몬터규. 우리 손 잡읍시다.

이건 제 딸이 로미오로부터 받은 재산이군요.

전 더 이상 요구할 수 없겠소.

몬터규 그렇지만 사돈, 나는 더 줄 수 있소.

나는 줄리엣의 모양을 본뜬 황금으로 동상을 세우겠소.

베로나가 그 이름으로 알려지는 한,

진실하고 정숙한 여인, 줄리엣만큼 높이 평가받는

일은 없게 만들겠소.

캐풀렛 나도 똑같이, 그 상에 못지않은 로미오를

옆에 세우겠소.

우리의 불화로 만들어진 불쌍한 부부가 되겠군요.

영주 오늘 아침은 이상하게 우울한 평화가 찾아오는구나.

태양조차도 슬픔에 빠져 머리를 감히 내밀지 못하는구나.

어서 갑시다. 이제 우리 슬픈 이야기를 나누어 봅시다.

어떤 이는 용서를 받겠고, 누군가는 처벌을 받을 것이다.

로미오와 줄리엣의 이야기보다 더 슬픈 이야기는

이제껏 들어본 적이 없었으니.

(묘지가 닫히고 전부 퇴장)

로미오와 줄리엣

Romeo and Juliet

작품 해설 및 작가 연보

「로미오와 줄리엣(Romeo and Juliet)」 작품 해설

1. 작가의 생애

영국이 낳은 세계적인 시인이자 극작가인 윌리엄 셰익스피어(William Shakespeare, 1564~1616)는 1564년 4월 26일, 잉글랜드 스트랫퍼드 어폰 에이번(Stratford-Upon-Avon)에서 출생했다. 아버지 존 셰익스피어는 부유한 상인이었기에 셰익스피어는 비교적 여유로운 환경에서 성장한다.

그는 성서와 고전을 통해 라틴어를 배우며 초·중등 교육을 받게 된다. 하지만 점점 가세가 기울어지면서 학업을 중단하게 된다. 그는 비록 고등 교육을 받지 못했지만, 문학에 남다른 재능이 있었기에 훗날 작가로서 위대한 명성을 떨치게 된다. 1582년에는 여덟 살 연상녀인 앤 해서웨이와 결혼하고, 1585년에 아들과 쌍둥이 딸을 얻게 된다.

1588년부터 1589년까지 셰익스피어의 작품들이 런던에서 상연되며, 이 무렵 그는 런던에 머물게 된다. 그는 시인이자 극작가, 배우, 극장 주주로서 다방면에서 활동한다.

1590년대의 영국은 엘리자베스 1세(1558~1603)가 통치하던 시기였으며, 문화·예술의 부흥기였다. 이때부터 셰익스피어는 극작가로서 재능을 인정받기 시작한다. 그는 궁내부장관 극단의 단원이 되어 전속 극작가이자 시인으로 활동하게 된다. 그러다가 1599년에는 궁내부장관 극단의 동료들과 함께 신축한 글로브 극장의 공동 소유주가 된다. 하지만 페스트가 창궐하면서 극장이 폐쇄되고 극단도 개편된다. 1603년, 제임스 1세가 즉위하면서 그의 후원 아래 궁내부장관 극단은 국왕 극단으로 개명되고, 셰익스피어는 그곳에서 조연 배우로 활동하게 된다.

그의 작품들은 창작 시기를 기준으로 크게 4단계로 나눌 수 있다. 1기로 볼 수 있는 1590년대 초반(1590~1594)에는 「헨리 6세(Henry VI)」, 「리처드 3세(Richard III)」 등의 역사극과 「실수 연발(Comedy of Errors)」과 같은 희극을 창작했다. 또한 이 시기에 그는 「비너스와 아도니스(Venus and Adonis)」, 「루크리스의 능욕(The Rape of Lucrece)」이라는 시를 발표하며 시인으로서도 뛰어난 면모를 보인다.

2기로 볼 수 있는 1590년대 중반(1595~1600)에는 「로미오와 줄리엣(Romeo and Juliet)」, 「한여름 밤의 꿈(A Midsummer Night's Dream)」, 「헛소동(Much Ado About Nothing)」, 「뜻대로 하

세요(As you like it)」,「십이야(Twelfth Night)」등과 같이 사랑을 소재로 한 로맨스극을 창작한다. 하지만 셰익스피어가 가장 주목을 받았던 것은 비극을 쓰기 시작한 1600년대부터였다.

3기로 볼 수 있는 1600년대 초반(1601~1607)은 그의 작품성이 절정에 이른 시기였다. 희극「윈저의 즐거운 아낙네들(The Merry Wives of Windsor)」을 비롯해「트로일러스와 크레시다(Troilus and Cressida)」,「끝이 좋으면 다 좋아(All's Well That Ends Well)」,「자에는 자로(Measure for Measure)」와 같이 희극과 비극적 요소가 혼재된 작품들과「줄리어스 시저(Julius Caesar)」,「안토니와 클레오파트라(Antony and Cleopatra)」등과 같은 비극을 주로 창작했다. 그러다가 차례로 그의 필생의 역작인 4대 비극,「햄릿(Hamlet)」,「오셀로(Othello)」,「리어왕(King Lear)」,「맥베스(Macbeth)」가 탄생한다.

마지막 4기로 볼 수 있는 1608년 이후(1608~1613)에는「심벨린(Cymbeline)」,「겨울 이야기(The Winter's Tale)」,「태풍(The Tempest)」과 같이 희극과 비극적 요소가 혼재된 희비극을 창작하며 인생에 대해 심도 있게 고찰했다.

이렇듯 수많은 작품을 창작한 셰익스피어는 1613년까지 총 38편의 작품을 발표한 뒤 1616년 4월 23일, 53세를 일기로 생을 마감했다. 그의 작품은 생전에 19편 정도 출간되었고, 그의 사후인 1623년에 글로브 극장 시절의 동료들이 편집해서 모은 극작품들이 2절판 작품집(folio)으로 출간되었다. 현전하는 셰익스피어의 작품은 희곡 38편, 소네트(sonnet, 14행시) 154편과 더불어 장시 2편이 있다.

그가 남긴 수많은 작품 중에서 초기작에 속하는 비극적 희곡 「로미오와 줄리엣」에 대해 살펴보기로 하자.

2. 작품 내용 살펴보기

청년 셰익스피어에게 극작가로서의 명성을 얻게 해 준 「로미오와 줄리엣(Romeo and Juliet)」은 1595년경에 집필한 작품으로 추정된다. 비교적 초기작에 속하는 이 작품은 1597년에 초판되었다. 이탈리아의 베로나(verona)를 배경으로 한 작품으로서, 오래전부터 원수 관계인 몬터규가(家)와 캐풀렛가(家)의 집안사람들 사이에서 벌어지는 비극적 사건을 다룬 희곡이다. 작품 내용을 살펴보면 다음과 같다.

몬터규가의 로미오는 로잘린이라는 여인을 사랑하지만, 이루어질 수 없는 운명 때문에 깊은 상심에 빠진다. 그러자 로미오의 사촌인 벤볼리오와 친구 머큐쇼는 로미오에게 가면무도회에 함께 가자고 권유한다. 마지못해 가면무도회에

참석한 로미오는 그곳에서 캐퓰렛가의 딸 줄리엣을 보고 첫
눈에 반하게 된다.

로미오   (줄리엣에게 다가가 그녀의 손을 만지며)

　이 하찮은 손으로 성스러운 신전을 더럽히는 거라면,

　부드러운 죄는 바로 이것이겠지요.

　제 입술은 두 명의 수줍은 순례자처럼

　가만히 기다리고 있습니다.

　부드러운 입맞춤으로 그 거친 감촉을 없애기 위해

　이렇게 서 있습니다.

줄리엣   착한 순례자여, 자신의 손을 너무 나무라시는군요.

　손을 잡는 것은 점잖은 헌신입니다.

　성자에게는 순례자가 만질 수 있는 손이 있고

　손바닥과 손바닥이 닿는 것은 성스러운 순례자의

　키스겠지요.

로미오   성자에게는 입술이 없나요? 순례자 또한 그런가요?

줄리엣   물론 있어요, 순례자님. 기도하는 데 사용하는 입

　술이.

로미오   그렇다면 성자여, 손이 하는 일을

입술이 하게 해 주소서!

입술이 하는 기도를 들어주소서.

저의 믿음이 절망으로 바뀌지 않도록.

줄리엣 성자는 움직이지 않습니다. 기도를 들어주기는 하
지만요.

로미오 그렇다면 움직이지 마세요.

제 기도 효과를 제가 받는 동안.

제 입술의 죄가 당신의 입술로 정화되었습니다.

(줄리엣에게 키스한다.)

줄리엣 그렇다면 제 입술에는 당신의 죄가 남아 있는 건
가요?

로미오 제 입술에서 나온 죄? 달콤한 원망이군요.

그러면 저의 죄를 다시 돌려받겠습니다.

(둘은 다시 입을 맞춘다.)

줄리엣 입맞춤마다 어떤 이유가 있군요.

로미오는 줄리엣을 '성스러운 신전'으로, 줄리엣은 로미오
를 '착한 순례자'에 비유하며 사랑의 대화를 속삭인다. 이렇

듯 사랑에 빠진 두 젊은 남녀의 대화를 통해 셰익스피어 특유의 낭만적이고 섬세한 표현을 엿볼 수 있다.

하지만 로잘린과의 비극적 운명에 이어, 몬터규가의 원수 집안이었던 캐풀렛가의 줄리엣과의 사랑 역시 로미오에게는 비극으로 다가온다. 로미오는 줄리엣을 만나기 위해 밤에 몰래 그녀의 저택 담장을 넘어 들어가 발코니에서 그녀와 달콤하고 은밀하게 재회한다.

> **줄리엣** (로미오가 듣는다는 것을 알지 못한 채)
>
> 오, 로미오, 로미오. 당신은 왜 로미오인가요?
>
> 그대 아버지의 이름을 거부하고 당신의 이름을 버리세요.
>
> 그게 아니라면, 제 사랑이라는 서약을 하세요.
>
> 그러면 저도 더 이상 캐풀렛이 아니랍니다.
>
> **로미오** 더 들어야 하나, 아니면 이제 내가 말을 걸어야 하
> 나?
>
> **줄리엣** 저의 적은 오로지 당신의 이름뿐입니다.
>
> 당신이 몬터규가 아니더라도, 당신 자신이겠지요.
>
> 몬터규가 뭔가요? 손도 아니고 발도 아닌,
>
> 팔도 아니고, 얼굴도 아닌,
>
> 사람에게 속한 그 무엇도 아닙니다.

아, 제발 다른 이름을 가지세요!

이름에 뭐가 들어 있나요? 우리가 장미라고 부르는 것은

다른 이름을 가지더라도 향기로울 텐데.

그러니 로미오, 당신도 로미오라는 이름으로

불리지 않아도

그 이름 없이 당신 자신의 완벽함을

그대로 소유할 수 있을 거예요. 로미오, 이름을 버리세요.

그리고 당신과 상관없는 그 이름 대신,

제 모든 걸 가지세요.

로미오 당신의 말을 받아들이겠습니다.

절 그냥 사랑이라 말한다면, 다시 세례명을 받겠어요.

지금부터 저는 로미오가 되지 않겠습니다.

(⋯)

줄리엣 어떻게 이곳으로 왔나요? 말해 보세요.

왜 오신 거지요?

과수원 담은 높아서 넘기 어렵고,

당신이라면 이 집은 죽음의 장소랍니다.

만약 친척에게 잡히면

당신은 그렇게 될 거예요.

로미오 사랑의 가벼운 날개를 달고

저는 이 담을 날아왔어요.

이런 돌담은 제 사랑을 막을 수 없고

사랑이란, 사랑이 할 수 있는 것과

감히 사랑하는 자의 시도를 해내지요.

그러니 당신 친척은 저를 막지 못한답니다.

로미오와 줄리엣은 자신들의 이름마저 버릴 수 있다며 서로의 사랑을 확인한 뒤, 사랑의 맹세를 하고 결혼을 약속한다. 마침내 두 사람은 자신들의 비극적 운명을 거부하며, 로렌스 신부의 도움으로 비밀리에 결혼식을 올리게 된다.

그러던 어느 날, 줄리엣의 사촌인 캐플렛가의 티볼트와 몬터규가의 로미오, 벤볼리오, 그리고 머큐쇼가 거리에서 우연히 마주치게 된다. 티볼트는 이미 오래전부터, 자신의 가문에서 주최한 무도회에 몰래 숨어든 로미오를 못마땅하게 여기며 그를 없애려고 벼르고 있던 참이었다. 하지만 로미오는 캐플렛가의 사람과 결투를 벌이고 싶지 않았기에 티볼트를 말로 설득하려고 노력한다. 이러한 로미오의 모습이 남자답지 못하다고 생각한 머큐쇼는 참다못해 직접 나서서 티볼트와 결투를 벌인다. 결국 머큐쇼는 티볼트의 칼에 찔려 치명상을 입고 죽게 된다.

더 이상의 싸움을 원치 않았던 로미오는 친구의 죽음 앞에 분노하며 복수를 다짐한다. 그는 얼마 후 티볼트를 죽인다. 오래전부터 두 집안의 시끄러운 싸움 때문에 골머리를 앓고 있었던 영주는 한 번만 더 소란을 벌이면 죽음으로써 그 죄를 묻겠다고 엄포를 놓은 상태였다. 하지만 영주의 자비로 로미오는 추방형을 선고받게 된다. 로미오는 줄리엣과 헤어지는 것은 사형 선고나 다름없다고 여기며 비탄에 잠긴다. 하지만 로렌스 신부는 로미오에게 자신이 어떻게든 두 집안을 화해시키고 두 사람의 결혼을 정식으로 허락받을 수 있게 해 주겠다고 약속하며 로미오를 설득한다. 로미오는 줄리엣과 애틋한 하룻밤을 보낸 뒤 만토바(Mantua)로 떠난다.

한편, 줄리엣은 아버지의 명령으로 패리스 백작과 강제로 결혼하게 될 위기에 처한다. 로미오를 잊을 수 없었던 줄리엣은 결혼식을 앞두고, 로렌스 신부의 도움으로 가사(假死) 상태에 빠지게 하는 약을 먹은 뒤 죽은 것으로 위장한다. 로렌스 신부는 자신의 계획을 로미오에게 전하기 위해 존 신부의 편에 편지를 보내지만, 안타깝게도 편지는 로미오에게 전해

지지 못한다. 사건의 진상을 알 리가 없는 로미오는 줄리엣이 죽었다는 소식을 듣자마자 그녀를 만나기 위해 베로나로 향한다.

줄리엣의 무덤 앞에 이른 로미오는 그녀를 보기 위해 관 뚜껑을 연다. 줄리엣의 결혼 예정자였던 패리스 백작은 줄리엣의 무덤 앞에서 슬퍼하고 있다가 인기척을 듣고 몸을 숨긴 상태였다. 패리스 백작은 로미오가 줄리엣의 시신에 몹쓸 짓을 하고 있다고 여겨 로미오 앞에 나타나 그와 결투를 벌인다. 실의에 빠진 로미오는 그와 싸우고 싶지 않았으나 어쩔 수 없이 결투를 벌이게 되고 결국 패리스 백작은 그 자리에서 목숨을 잃게 된다. 뒤늦게 자신의 손에 죽은 그가 줄리엣과 결혼을 약속한 패리스 백작이라는 사실을 알게 된 로미오는 또 한 번 자신의 비극적 운명을 체감하며 비탄에 잠긴다. 로미오는 그녀의 뒤를 따르기로 결심하고는 미리 준비해 온 독약을 먹고 목숨을 끊는다.

얼마 후, 잠에서 깨어난 줄리엣은 로미오가 죽었다는 사실을 알게 된다. 그녀는 로미오가 그랬듯 그의 뒤를 따르기로 결심하고는 로미오의 단검으로 가슴을 찔러 자살한다.

이후에 로렌스 신부의 증언과 그가 로미오에게 보내려고 했던 편지, 로미오와 줄리엣, 패리스 백작의 하인의 말을 통해 이 모든 비극적 사건의 전말을 알게 된 영주는 로미오와 줄리엣 두 사람의 희생으로써 마침내 몬터규가와 캐풀렛가의 오랜 악연이 끝났다고 말한다. 그러면서 그는 자신을 비롯한 두 집안사람들 모두에게 잘못이 있음을 인정하며, 비극적 사건으로 그 대가를 치르게 된 것이라고 말한다. 몬터규와 캐풀렛은 황금으로 서로의 자식들의 동상을 세워 그들의 순고한 사랑을 추모하기로 한다. 이를 통해 두 집안은 화해하게 된다.

3. 마치며

「로미오와 줄리엣」은 셰익스피어의 4대 비극 중 하나인 「햄릿」과 더불어 가장 많이 무대에서 상연된 작품이다. 이렇듯 「로미오와 줄리엣」은 연극이나 뮤지컬, 오페라뿐만 아니라 영화와 드라마, 소설 등으로 각색되어 출간된 지 수백 년이 지난 오늘날에도 명실공히 위상을 지키며 많은 사랑을 받고 있다.

「로미오와 줄리엣」이 이토록 오랫동안 사랑을 받는 이유는 무엇일까. 셰익스피어의 수많은 걸작 중에서 유독 작품성이 뛰어나기 때문도 아니고, 가장 통렬한 비극이기 때문도 아니다. 오히려 「로미오와 줄리엣」은 작품성 측면에서 보았을 때 셰익스피어의 작품 가운데 혹평을 받은 작품에 속한다. 또한 완전한 비극으로도, 그렇다고 희극으로도 볼 수 없는 다소 모호한 정체성을 가진 작품이다. 「로미오와 줄리엣」은 대중적으로 가장 많은 사랑을 받아 온 비극이기에 이 작품이 셰익스피어의 4대 비극 중 하나라고 착각하고 있는 독자들도 있을 것이다. 하지만 「로미오와 줄리엣」은 앞서 언급했듯 완전한 비극이라고 보기에는 희극과 낭만적인 요소가 다수 혼재된 작품이다.

원수 관계인 몬터규가와 캐풀렛가의 집안사람들은 수차례 결투를 벌이고, 그 과정에서 누군가가 죽고 복수를 다짐하는 일이 반복된다. 로미오와 줄리엣은 절대 허락될 수 없는 사랑 때문에 비밀리에 결혼식을 올린다. 얄궂은 운명은 한밤중에 로미오가 줄리엣의 저택에 잠입해 두 사람이 은밀히 만나는 것조차 용납하지 않는다. 하지만 로미오와 줄리엣은 거듭되는 비극적 사건에 맞서 자신들의 운명을 바꾸려고 노력한다. 죽음으로 위장한 줄리엣과 오해에서 비롯된 로미오의 안타까운 음독자살, 그리고 그의 뒤를 따르는 줄리엣의 죽음, 두 젊은 남녀의 죽음으로 말미암아 비로소 악연을 끝낸 두 집안의 화해. 이 수많은 사건은 불과 며칠 사이에 이루어진 것이다. 이렇듯 속도감 있는 전개와 부유하고 지체 높은 가문의 자손으로서 현실에 안주할 수도 있었음에도 자신들의 운명을 거스르며 험난한 여정을 선택했던 두 남녀의 열정적이고 순수한 사랑은 독자들의 마음에 깊은 울림을 주기에 충분하다. 이와 더불어 '위대한 시인'이라는 명성에 걸맞게 한 편의 시처럼 운율을 살려 리듬감 있게 쓰인 셰익스피어 특유의 아름답고 섬세한 문체는 「로미오와 줄리엣」이 '낭만적 비극'이 될 수 있었던 주된 요소로 작용하고 있다.

이렇듯 우리가 셰익스피어의 작품과 마주할 수 있는 한, 죽음도 갈라놓지 못한 로미오와 줄리엣의 사랑은 애틋한 아름다움을 선사할 것이며, 영원히 늙지 않고 죽지 않는 사랑으로 오래도록 우리의 가슴속에 머물 것이다.

작가 연보

1564년 잉글랜드 스트랫퍼드 어폰 에이번에서 태어남. 존 셰익스피어와 메리 아든 사이에서 8남매 중 맏아들로 출생.

1577년 가정 형편 때문에 학업을 중단함.

1582년 여덟 살 연상인 앤 해서웨이와 결혼함.

1583년 첫 딸인 수잔나가 태어남.

1585년 아들 햄닛과 딸 쥬디스 쌍둥이 남매가 태어남.

1588~1589년 런던에서 최초 극작품들이 공연됨.

1590~1592년 「베로나의 두 신사」, 「실수 연발」, 「헨리 6세」(1, 2, 3부)가 제작됨. 로버트 그린의 "벼락출세한 이"라는 언급을 통해 런던 연극계에서 셰익스피어의 이름이 처음으로 거론됨.

1593~1594년 장시인 「비너스와 아도니스」와 「루크리스의 능욕」을 발표함. 「말괄량이 길들이기」를 제작함.

1595~1597년 「로미오와 줄리엣」, 「리처드 2세」, 「존 왕」, 「한여름 밤의 꿈」, 「사랑의 헛수고」가 제작됨. 1595년에 챔벌린 극단의 주주가 됨. 이때부터 배우, 극작가, 주주로 활동이 시작됨.

1596년 아들 햄닛이 11세의 나이로 사망함.

1597~1598년 「헨리 4세」(1, 2부), 「헨리 5세」, 「헛소동」을 제작함.

1599년 글로브 극장을 건립함.

1598~1600년 「헨리 5세」, 「줄리어스 시저」, 「뜻대로 하세요」를 제작함.

1600~1601년 「햄릿」, 「윈저의 즐거운 아낙네들」, 「십이야」를 제작함.

1601년 아버지 존 셰익스피어가 사망함.

1602년 「트로일러스와 크레시다」를 제작함.

1603~1605년 「오셀로」, 「끝이 좋으면 다 좋아」, 「아테네의 타이먼」을 제작함.

1605~1606년 「리어왕」, 「맥베스」, 「안토니와 클레오파트라」를 제작함.

1607년 「페리클리즈」를 제작함.

1608년 「코리오레이너스」를 제작함. 어머니 메리 아든이 사망함.

1609년 「심벨린」, 「소네트의 집」을 출판함. 셰익스피어의 극단이 블랙프라이어즈 극장을 매입함.

1610년 런던에서 스트랫퍼드로 귀향함.

1613~1614년 「헨리 8세」, 「두 귀족 친척」을 제작함.

1616년 사망해 스트랫퍼드 어폰 에이번의 성 트리니티 교회
에 안장됨.

생각뿔 | 세계문학 미니북 클라우드 라이브러리

거장의 숨소리를 만나는 특별한 여행

001 | 위대한 개츠비 × F. 스콧 피츠제럴드 Francis Scott Key Fitzgerald
- 〈타임〉 선정 '현대 100대 영문 소설' • 랜덤하우스 선정 '20세기 100대 영문 소설' 2위
- BBC 선정 '반드시 읽어야 할 고전'

002 | 동물농장 × 조지 오웰 George Orwell
- 〈타임〉 선정 '현대 100대 영문 소설' • 미국 대학위원회 SAT 추천 도서 • 〈뉴스위크〉 선정 '세계 100대 명저' • BBC 선정 '지난 1,000년간 최고의 문학가' 3위

003 | 노인과 바다 × 어니스트 헤밍웨이 Ernest Hemingway
- 노벨 연구소 선정 '세계 문학 100대 작품' • 〈뉴스위크〉 선정 '세상을 움직인 100권의 책'
- 우리나라 문인이 가장 선호하는 '세계 문학 100선'

004 | 데미안 × 헤르만 헤세 Herman Hesse
- 미국 대학위원회 SAT 추천 도서 • 1946년 노벨 문학상 수상 작가 • 우리나라 문인이 가장 선호하는 '세계 문학 100선'

005 006 007 | 오만과 편견 × 제인 오스틴 Jane Austen
- 미국 대학위원회 SAT 추천 도서 • 노벨 연구소 선정 '세계 문학 100대 작품'
- BBC 선정 '지난 1,000년간 최고의 문학가' 2위

008 009 | 1984 × 조지 오웰 George Orwell
- 〈타임〉 선정 '현대 100대 영문 소설' • 〈뉴스위크〉 선정 '역대 세계 최고의 책' 2위
- BBC 선정 '지난 1,000년간 최고의 문학가' 3위

010 | 이방인 × 알베르 카뮈 Albert Camus
- 미국 대학위원회 SAT 추천 도서 • 1957년 노벨 문학상 수상 작가 • 노벨 연구소 선정 '세계 문학 100대 작품' • 우리나라 문인이 가장 선호하는 '세계 문학 100선'

*** | **월든 × 헨리 데이비드 소로** Henry David Thoreau
- 미국 대학위원회 SAT 추천 도서

*** | **킬리만자로의 눈 × 어니스트 헤밍웨이** Ernest Hemingway
- 1954년 노벨 문학상 수상 작가

*** | **오즈의 마법사 × 라이먼 프랭크 바움** L. Frank Baum
- 미국 대학위원회 SAT 추천 도서
- 연세대학교 선정 '필독 도서'

*** | **레 미제라블 1~5 × 빅토르 위고** Victor Marie Hugo
- 세계 4대 뮤지컬인 〈레 미제라블〉 원작 • WTO 북클럽 추천 도서

*** | **파우스트 1~2 × 요한 볼프강 폰 괴테** Johann Wolfgang von Goethe
- 미국 대학위원회 SAT 추천 도서 • 서울대학교 선정 '권장 도서 100선'
- 국립중앙도서관 선정 '청소년 권장 도서'

*** | **바냐 아저씨 × 안톤 체호프** Anton Pavlovich Chekhov
- 서울대학교 선정 '동서 고전 100선'

*** | **바람이 분다 × 호리 다쓰오** Tatsuo Hori
- 애니메이션 〈바람이 분다〉 원작

*** | **세 가지 질문 × 레프 니콜라예비치 톨스토이** Leo Nikolayevich Tolstoy
- 영어권 문학가들이 뽑은 '가장 좋아하는 작가'

*** | **맥베스 × 윌리엄 셰익스피어** William Shakespeare
- 미국 대학위원회 SAT 추천 도서
- 서울대학교 선정 '권장 도서 100선'
- 연세대학교 선정 '필독 도서 200선'
- 국립중앙도서관 선정 '청소년 권장 도서'

*** | **외투 · 코 × 니콜라이 바실리예비치 고골** Nikolai Vasilievich Gogol
- 러시아 단편 소설의 모태가 된 작품

*** | 리어왕 × 윌리엄 셰익스피어 William Shakespeare
- 미국 대학위원회 SAT 추천 도서
- 〈뉴스위크〉 선정 '세계 100대 명저'
- 〈가디언〉 선정 '권장 도서'

*** | 좁은 문 × 앙드레 지드 Andr-Paul-Guillaume Gide
- 1947년 노벨 문학상 수상 작가

*** | 벚꽃 동산 × 안톤 체호프 Anton Pavlovich Chekhov
- 세계 3대 단편 소설 작가의 극작품 • 1888년 푸시킨상 수상 작가

*** | 벤자민 버튼의 시간은 거꾸로 간다 × F. 스콧 피츠제럴드 Francis Scott Key Fitzgerald
- 영화 〈벤자민 버튼의 시간은 거꾸로 간다〉 원작

*** | 눈의 여왕 × 한스 크리스티안 안데르센 Hans Christian Andersen
- 노벨 연구소 선정 '세계 문학 100대 작품' • 세계를 움직인 100권의 책

*** | 개를 데리고 다니는 여인 × 안톤 체호프 Anton Pavlovich Chekhov
- 노벨 연구소 선정 '세계 문학 100대 작품' • 서울대학교 선정 '고전 200선'
- 1888년 푸시킨상 수상 작가

*** | 이솝 이야기 × 이솝 Aesop
- 서울 독서교육연구회 권장 도서 • 어린이 독서위원회 권장 도서

*** | 무기여 잘 있거라 × 어니스트 헤밍웨이 Ernest Hemingway
- 1954년 노벨 문학상 수상 작가

*** | 네 개의 서명 × 아서 코난 도일 Arthur Conan Doyle
- BBC 드라마 〈셜록〉 원작

*** | 배스커빌가의 개 × 아서 코난 도일 Arthur Conan Doyle
- BBC 드라마 〈셜록〉 원작

*** | 야간 비행 × 앙투안 드 생텍쥐페리 Antoine Marie Roger De Saint Exupery
• 1931년 페미나 문학상 수상 작가

*** | 톰 소여의 모험 × 마크 트웨인 Mark Twain
• 1876년 출간 이후 절판된 적이 없는 스테디셀러

*** | 포로기 × 오오카 쇼헤이 Shohei Ooka
• 제1회 요코미쓰 리이치상 수상 작가

*** | 인공호흡 × 리카르도 피글리아 Ricardo Piglia
• 1997년 플라네타상 수상 작가
• 아르헨티나 작가 선정 '아르헨티나 역사상 가장 위대한 10대 소설'

*** | 정글북 × 조지프 러디어드 키플링 Joseph Rudyard Kipling
• 1907년 노벨 문학상 최연소 수상 작가
• 애니메이션, 영화 〈정글북〉 원작

*** | 신곡-연옥 × 단테 알리기에리 Alighieri Dante
• 미국 대학위원회 SAT 추천 도서
• 〈뉴스위크〉 선정 '세계 100대 명저'
• 서울대학교 선정 '권장 도서 100선'
• 국립중앙도서관 선정 '고전 100선'

*** | 황금 물고기 × J.M.G. 르 클레지오 Jean-Marie-Gustave Le Clezio
• 2008년 노벨 문학상 수상 작가

*** | 판탈레온과 특별봉사대 × 마리오 바르가스 요사 Mario Vargas Llosa
• 〈포린 폴리시〉 선정 '가장 영향력 있는 지식인 100인'
• 1994년 세르반테스상 수상 작가

*** | 잠자는 숲속의 공주 × 샤를 페로 Charles Perrault
• 애니메이션 〈잠자는 숲속의 공주〉 원작

*** | 나귀 가죽 × 오노레 드 발자크 Honore de Balzac
- 작가의 '철학 연구'의 첫 번째 자리에 배치된 작품

*** | 노예 12년 × 솔로몬 노섭 Solomon Northup
- 영화 〈노예 12년〉 원작

*** | 둔황 × 이노우에 야스시 Yasushi Inoue
- 1960년 제1회 마이니치예술대상 수상작
- 1976년 일본 문화 훈장 수상 작가

*** | 어느 어릿광대의 견해 × 하인리히 뵐 Heinrich Boll
- 1972년 노벨 문학상 수상 작가

*** | 웃는 남자 1~3 × 빅토르 위고 Victor Marie Hugo
- 영화, 뮤지컬 〈웃는 남자〉 원작
- 한국간행물윤리위원회 선정 '청소년 권장 도서'

*** | 휴먼 스테인 × 필립 로스 Philip Roth
- 1997년 퓰리처상 소설 부문 수상 작가

*** | 바보들을 위한 학교 × 사샤 소콜로프 Sasha Sokolov
- 1996년 푸시킨 메달 수상 작가

*** | 톰 아저씨의 오두막 1~2 × 해리엇 비처 스토 Harriet Beecher Stowe
- 미국 최초의 밀리언셀러 소설

*** | 아버지와 아들 × 이반 세르게예비치 뚜르게네프 Ivan Sergeevich Turgenev
- 미국 대학위원회 SAT 추천 도서
- 서울대학교 선정 '동서 고전 200선'
- 우리나라 문인이 가장 선호하는 '세계 문학 100선'

*** | 베니스의 상인 × 윌리엄 셰익스피어 William Shakespeare
- BBC 선정 '지난 1,000년간 최고의 문학가' 1위

생각뿔 세계문학 미니북 클라우드 라이브러리는 계속 출간됩니다.
*** 근간 목록은 발간 순에 따라 변경될 수 있습니다.

옮긴이 | 안영준

고려대학교를 졸업했다. '언어적 감각'이 뛰어난 IQ 158 멘사 회원이다. 공립 중등국어교사로 8년
동안 근무했으며 대치동에서 논술 전임강사로 활동하기도 했다. 현재는 1인 지식 창업 및 책 쓰기
코칭을 하며 영한 번역을 하고 있다. 옮긴 책으로는 『1984』, 『데미안』, 『위대한 개츠비』, 『노인과 바
다』, 『동물농장』, 『오만과 편견』, 『이방인』 등이 있다.

해설 | 엄인정

국민대학교 국어국문학과를 졸업하고 동 대학원에서 국어교육학을 전공했다. 현재 단행본 편집과
영한 번역 업무를 병행하며 프리랜서로 활동 중이다. 옮긴 책으로는 『데미안』, 『톨스토이 단편선』,
『오만과 편견』, 『카프카 단편선』, 『그리스인 조르바』 등이 있다.

로미오와 줄리엣

1판 1쇄 발행 2019년 2월 15일

지은이 윌리엄 셰익스피어
옮긴이 안영준
해설 엄인정
펴낸이 생각무성이
편집 박주연, 안주영, 김형아
디자인 생각을 머금은 유니콘
마케팅 김사랑

발행처 생각뿔
주소 서울시 서초구 반포동 66-1 코웰빌딩 102호
등록번호 제233-94-00104호
전화 02-536-3295
팩스 02-536-3296
커뮤니티 www.facebook.com/tubook2018 (페이스북)
e-mail tubook@naver.com
ISBN 979-11-89503-51-2(04800)
      979-11-964400-8-4(세트)

생각뿔은 '생각(Thinking)'과 '뿔(Unicorn)'의 합성어입니다.
신화 속 유니콘의 신성함과 메마르지 않는 창의성을 추구합니다.